KB176577

구름 위 마음이 따뜻해지는 이야기

# 구름 위, 마음이 따뜻해지는 이야기

초판 1쇄 인쇄 | 2015년 7월 13일
초판 1쇄 발행 | 2015년 7월 20일

지은이 사에구사 리에코 | 옮긴이 정명희 | 펴낸곳 함께북스 | 펴낸이 조완욱 |
등록번호 제1-1115호 | 주소 412-230 경기도 고양시 덕양구 행주내동 735-9 |
전화 031-979-6566~7 | 팩스 031-979-6568 | 이메일 harmkke@hanmail.net
ISBN 978-89-7504-608-7 03830

이 도서의 국립중앙도서관 출판예정도서목록(CIP)은 서지정보유통지원시스템 홈페이지(http://seoji.nl.go.kr)와
국가자료공동목록시스템(http://www.nl.go.kr/kolisnet)에서 이용하실 수 있습니다.(CIP제어번호: CIP2015016409)

# 구름위
# 마음이
# 따뜻해지는
# 이야기

사에구사 리에코 지음 | 정명희 옮김

함께
BOOKS

# 마음이 따뜻해지는 이야기

약 3만 9천 피트 상공에서는 다양한 드라마가 펼쳐집니다.

승객들은 각자의 이야기를 가지고 비행기에 오릅니다.
즐거운 일, 기쁜 일, 슬픈 일, 때로는 속상한 일도 있을 것입니다.
승객 한 사람 한 사람의 사정을 속속들이 알 수는 없지만, 조금이나마
승객들의 마음을 헤아릴 수 있다면……
그렇게 바라며 하늘 여행을 함께 하고 있습니다.
기내는 구름 위에 떠 있는 특별한 무대입니다.
느긋하게 쉴 수 있는 호텔도 되고, 맛있는 요리와 음료를 즐길 수 있

는 레스토랑과 칵테일 바, 면세품을 살 수 있는 백화점, 최신 영화를 즐기는 영화관이기도 합니다.

또한 전망이 뛰어난 관광지, 자료를 작성하는 사무실, 독서와 음악으로 마음을 쉬게 하는 취미의 장소 그리고 조용히 자신과 마주할 수 있는 공간이 되기도 합니다.

하늘이라는 무대에서 펼쳐지는 무궁무진한 장면.

그곳에는 반짝임과 설렘, 두근거림으로 가득합니다.

특별한 세상인 이 무대에 서면 신기하게도 감수성이 풍부해지고, 마음이 반짝반짝 빛나기 시작합니다.

당연한 일이 상상 이상의 감동으로 이어지고, 아주 소소한 일이 설레는 감격으로 변하기도 합니다. 두근거림으로 일어나는 기적도 있습니다.

나는 그것을 구름 위에서 걸릴 수 있는 마법이라고 생각합니다.

그것을 위해서라면 산타할아버지도 마법사도 큐피드도 될 수 있습니다.

이 책에서는 ANA항공이 소중하게 여기는 '안심', '따뜻함', '밝고 활기참' 중에서 '따뜻함'에 초점을 맞추어, 소중한 승객들과의 만남, ANA 정신을 가진 동료들과의 교류, 승객들에게 받은 편지 등등, 실제로 있었던, 마음이 담긴 에피소드를 소개하고 있습니다.

에피소드를 통해 비행기에 오른다는 것, 그리고 공항으로 가는 일이 즐겁고, 사람과 사람이 엮어가는 따뜻한 정을 느낀다면 더할 나위 없이 고마운 일이 아닐까요.

비행기는 오늘도 어김없이 각양각색의 사랑을 싣고 비행을 계속합니다.

2010년 가을
사에구사 리에코

# contents

# 커튼 너머의 생일 축하

딸아이와 아내, 나 이렇게 셋이서 후쿠오카로 돌아오는 날이었다. 딸아이는 의사 선생님의 판단에 따라 일반 좌석에 앉아서가 아닌, 하네다로 갈 때처럼 스트레처 승객으로 침대에 누운 채 탑승하였다. (스트레처란 기내의 좌석 위에 설치하는 간이침대이다. 병이나 부상 등으로 항공기 좌석에 앉을 수 없는 승객들을 위해 준비되어있다. -저자 주) 베이지색 커튼으로 가려져 있어서 일반 승객들은 그 안이 궁금한지 호기심 어린 눈으로 슬쩍 쳐다보며 지나친다. 커튼 안 침대에는 사랑하는 나의 딸이 누워있다. 초등학교 4학년인 딸아이는 심장병을 앓고 있다.

이번에 도쿄에서 수술을 받았지만, 경과가 좋지 못해서 이날은 완치

되지 못한 채 후쿠오카로 돌아오게 되었다. 다 낫지 않았다는 사실은 딸아이가 가장 잘 알고 있었다. 오랫동안 간직하고 있던, 마음껏 달리는 꿈이 또다시 멀어져 버린 일도…….

우리들은 침대 설치 등의 준비로 시간이 필요했기 때문에 제일 먼저 탑승하였다. 비행기를 타는 것이 두 번째라고는 해도 아직 익숙하지 않은 딸아이는 불안함과 긴장감으로 얼굴이 굳어졌다. 그런 우리들을 승무원들이

"안녕하세요."

"저희 비행기를 이용해 주셔서 감사합니다."

"아무 일 없을 겁니다."

밝고 따뜻하게 맞아주어 안심하고 탈 수 있었다. 딸아이는 곧바로 객실 뒤편으로 옮겨져 들것에서 간이침대로 이동되었고 가슴 가까이에 몇 가닥의 벨트가 매어졌다. 아내와 나는 통로를 사이에 두고 앉았다. 곧바로 우리들을 담당하는 승무원이 인사차 와서

"오늘 담당을 맡은 ○○입니다. 잘 부탁드립니다. 무슨 일이 있으면 언제든 말씀해 주세요. 힘들진 않으십니까?"

친절하게 웃으며 말을 걸어주었다. 게다가 승무원이 어렸을 적, 초등학교 시절의 우스갯소리를 해주기도 하며 딸아이의 긴장을 풀어주었다.

장시간 이동으로 딸아이도 많이 지쳤을 것이다. 다른 승객들의 탑승이 끝나고 비행기가 움직이기 시작했을 즈음에는, 딸아이는 색색 숨소리를 내며 이내 잠에 빠졌다.

상공에서 음료 서비스를 마쳤을 때, 담당 승무원이 말을 걸어주었다. 승무원과 이런저런 이야기를 나누던 중에, 수술받은 이야기와 딸아이가 비행기 타는 것을 기대하고 있었던 이야기, 실은 오늘이 열한 번째로 맞는 딸아이의 생일이라는 이야기도 자연스럽게 나오게 되었다. 한참 후, 딸아이가 잠에서 깨어났을 때, 담당 승무원과 두 명의 승무원이 같이 와서 작은 소리로 생일축하 노래를 불러주었다.

♪생일 축하합니다♫

그뿐만이 아니었다. '생일 축하해.'라며 손수 만든 사탕 바구니와 승무원들의 격려 메시지가 적힌 그림엽서를 들고 왔다. 딸아이는 갑작스러운 일로 깜짝 놀라면서도 즐거운 듯이 웃고 있었다. 오랜만에 보는 딸아이의 웃는 모습이었다. 승무원들이 불러준 노래가 끝났다고 생각했는데, 또다시 생일축하 노래가 들려왔다. 그것도 커튼 밖에서…….

"어……! 어떻게 된 거야?"

우리 가족과 승무원들도 놀라며 서로 얼굴을 마주 보았다. 커튼을 조금 젖혀보고서 더욱 놀랐다. 가까이 앉은 여성 승객분이 딸아이를 위해서 노래를 부르는 것이었다. 조금 전에 나눈 이야기가 들렸나 보다. 대합창은 아니었지만, 그 노랫소리는 객실로 울려 퍼졌다. 자세히 들어보니 남자 목소리도 섞여 있고, 여러 사람의 노랫소리가 커튼 너머에서 들려왔다. 무척 따뜻하고 행복한 기분이 들었다. 수술과 입원 생활로 인한 피곤함도 잊어버릴 만큼 멋진 노랫소리였다. 딸아이의 생일을 이렇게 많은 분들에게 축하받을 줄이야……. 승객들의 고마운 마음과 딸아이에 대한 가여운 마음에 가슴이 뭉클해져 눈물이 흘러내렸다. 딸아이의 눈에도 눈물이 넘치고 있었다.

"좋겠네. 이렇게 많은 분들에게 축하도 받고, 행복하지? 우리 딸."

"응. 아빠, 이렇게 많은 사람들에게 축하받은 적은 처음이야."

딸아이는 즐거운 듯이 대답했다. 커튼으로 가려져 침대에 누워 있는 딸의 모습은 보이지 않는데도, 노래를 불러준 승객 여러분들의 호의에 진심으로 고마움을 느끼며 머리를 숙였다.


사람들이 참 따뜻하구나!

세상은 아직 살 만하구나!

이렇게 잠시 스쳐 가는 인연일 수도 있는 승객들에게 커다란 용기와 따뜻함을 선물 받았다.

커튼 너머로 들려오는 승객들의 노랫소리에 "나?"라고 묻던 딸아이의 얼굴은 지금까지도 잊을 수 없다.

앞으로도 어려운 일이 많겠지만, 우리 가족은 특별한 생일 선물을 받은 그 순간의 가슴 뭉클함을 기억하며 살아갈 것이다.

〈★〉

도대체 누가 노래를 시작한 것일까. 가까이 앉은 여성 승객이 노래를 시작하자, 전혀
모르는 사람들이 함께 노래를 불러 축하해주었던 것입니다.

뭔가 내가 할 수 있는 일은 없을까?

도움이 될 수 없을까?

어떻게 하면 즐겁게 해줄 수 있을까?

이런 것을 생각하고 행동할 수 있다니 근사하다는 생각이 들었습니다.

마음을 모으고,

다른 사람들을 배려하고,

작은 무엇이라도 하고 싶다는

순수한 마음으로 행동할 수 있는 것.

우리들의 사소한 배려가

어떤 이들에게는 커다란 용기가 된다는 것을 배웠습니다.

사람들의 따뜻함이 마음에 스며드는 비행이었습니다.


누군가가 피워준 꽃을 기다리지 말고, 함께 아름다운 씨앗을 심어보지 않겠습니까.

마쓰야마 ⟶ 하네다행

# 할머니의 자장가

자리가 꽉 찬 마쓰야마 편에서 근무했을 때의 일이다.

벨트 착용 사인이 꺼지고 음료 서비스를 시작했을 때, 아기가 갑자기 큰 소리로 울기 시작했다.

마쓰야마 편은 사업가들이 많이 탄다. 그리고 이날은 저녁 편이기도 했다.

바쁜 일과를 마치고 한 손에 캔 맥주를 들고 한숨 돌리고 있는 승객, 곤히 잠들어 버린 승객들로 기내는 아주 조용하고 편안한 분위기였다. 그러나 그 분위기는 아기의 울음소리로 180도 달라졌다. 처음에는 자리에 앉아 아기를 달래고 있던, 아직 젊어 보이는 아기 엄마도 승객들에게 미안해서 가만히 자리에 앉아 있을 수가 없었을 것이다. 잠시라도 다른 분들에게 울음소리를 들리지 않게 하려고 객실 뒤편 빈 공간으로 옮겨 자장가를 부르기도 하고 달래기도 하며 정말 열심히 땀을 흘리며 아기를 진정시키려고 애쓰고 있었다.

"소란스럽게 해드려 죄송합니다."

"아기가 잠이 오는 것 같네요."라고 말을 걸면서 음료 서비스를 마친 후, 나도 서둘러 객실 뒤편으로 갔다. 하지만 자장가를 불러도 까꿍을 하며 달래보아도 아기는 울음을 그치지 않았다. "기압 때문에 귀가 아파서 우는 것인지도 모르겠네요. 미지근한 우유를 가져올까요?"라고 제안해서 먹이려고 했지만 아무런 소용이 없었다. 소란한 소리에 심기가 불편한 듯한 싸늘한 분위기가 기내 전체에 감돌고 있었다.

"불편을 끼쳐서 죄송합니다."

우리 객실 승무원들은 사과를 하면서 몹시 난감했다. 그때였다. 60대 할머니가 화장실에 가려는 것인지 우리들 가까이 다가오셨다. 그러더니 잠시 아기를 안게 해달라고 말하고 익숙한 손길로 아기의 볼을 자신의 가슴에 폭 대고 자장가를 부르기 시작했다.

♪ 자장, 자장, 잘도 잔다 ♬

2~3분이 지났을까. 아기는 여전히 울고 있었지만, 주위 분들의 표정이 바뀌었다.

'시끄럽다'며 째려보는 듯한 눈으로 몇 번이나 뒤돌아서 이쪽을 보고 있던 분도, 불안해서 다리를 떨고 있던 분도, 낮은 목소리로 노래하는 할머니의 자장가를 듣고 있는 듯했다. 싸늘한 분위기가 감돌던 객실이 편안해지면서, 나도 어느새 동심으로 돌아갔다. 분명 많은 승객들도 그렇지 않았을까 생각했다. 어느덧 할머니의 따뜻한 품에서 아기는 새근새근 자고 있었다. 아기 어머니와 나는 안심하고 얼굴을 마주 보며 미소를 지었다. 그런 우리들에게 할머니는 "잘 들어 봐요. 이렇게 안아서 심장 소리를 아기에게 들려줘요. 뱃속에 있을 때 들었던 소리여서 아기가 안심한다오. 안고 있는 사람의 마음이 아기에게 전해지지. 그러니까 이럴 때는 우선 편안하게 자신의 마음을 안정시키는 것이 중요해요." 그렇게 말하고 자리로 돌아가셨다. 그 할머니의 작은 체구에서 당당하고 든든하며 온화함이 느껴졌다.

'감사합니다.'

나는 몇 번이나 마음속으로 고마움을 전했다.

★

누군가가 곤경에 처했을 때, 나도 분명 뭔가 도울 일이 있다고 생각해보지 않았습니까.

직접 손을 내밀지 않더라도,

이 할머니처럼 자장가를 불러줄 수 없어도,

귀찮은 표정을 짓지 않고 혀를 차지 않는 이런 행동만이라도 좋습니다.

사소한 일이라도, 뭔가 하고 싶다고 생각하고 실행할 수 있다면 더욱 멋진 일입니다.

아기뿐만 아니라 어른들까지도 안심시키는 할머니.

그분이 도와주지 않았다면 그날의 비행은 모든 승객들에게 느긋하게 쉴 수 있는 기분,

좋은 시간이 되지 않았을지도 모릅니다.

그분이 주저하지 않고, 부끄러워하지 않고, 나서 주신 덕분에 모두에게 편안한 비행이

되었습니다.

할머니의 훌륭한 점을 배울 수 있었던 일은 지금도 선명하게 기억하고 있습니다.

인생 선배들이 가꾸어온 지혜에는 삶의 힌트가 담겨 있습니다.

나하 → 하네다행
# 태양에 그을린 남학생에게

객석을 둘러보고 있는데 "잠시만요"라고 부르는 소리가 들렸다. 돌아보니 벌겋게 탄 얼굴이 눈에 들어왔다. 오키나와에서 수학여행을 마치고 도쿄로 돌아가는 고등학생 남자아이였다.

"죄송하지만, 혹시 그림엽서 있나요?"

"그럼, 있지. 곧 갖다 줄게. 종류가 다른 엽서 두 장이면 되겠어. 학생?"

나는 작은 목소리로 말했다. 왜냐하면 수학여행 같은 단체에서는 한 사람이 부탁하면 너도나도 서로 달라고 해서 수습이 어려워지는 경우가 있다. 전체에게 줄 분량이 있으면 얼마든지 기념으로 줄 수도 있지만 그렇게까지는 준비되어있지 않았다. 그래서 그림엽서 때문에 소동이 일어나지 않도록 주위에 들리지 않게 전했던 것이다. 남학생도 이해한 듯 조용히 기내 조리실로 가지러 와주었다.

"고맙습니다."

"아냐, 받으러 와주어서 내가 더 고마워."

예의 바르게 깍듯이 인사하는 학생에게 두 장짜리 그림엽서를 건넸다. 그러자 그 학생은 조심스럽게 조리실을 둘러보며 아까보다 더 정중하게 물었다.

"죄송한데, 저…… 사탕이 있으면 조금 주실 수 있나요?"

사탕이라면 얼마든지 준비되어 있다.

"친구들 것도 챙겨 줄게."

바구니에 사탕을 넣고 가져가라고 권했다. 그러자 더욱 미안한 듯이 말했다.

"죄송한데, 종이컵을 가져가도 될까요?"

"그럼, 괜찮아. 가져가고 싶을 만큼 갖고 가."

내가 말하며 사탕을 권하니 기쁜 듯이 종이컵 가득히 사탕을 담았다. 단 것을 좋아하던 내 학창시절이 생각나서 남학생의 뒷모습을 흐뭇하게 바라보았다. 자리에 돌아간 학생은 사탕을 하나도 먹지 않고 가방에 그대로 넣고 있었다. '선물이라도 할 건가.' 까까머리에 동글동글한 큰 눈, 그을린 벌건 얼굴을 자세히 보니 아주 착해 보였다. 사탕 서비스가 끝난 다음, 가까이 가서 물어보았다.

"선물할 거니?"

"아, 예."

큰소리로 대답을 했다.

"동생에게 줄 거니?"

남학생은 고개를 떨어뜨린 채 아니라고 대답했다. 어딘가 외로워 보였다.

"그래?"

너무 깊이 물어보면 안 될 것 같아서 돌아가려는데, 나지막한 소리가 들려왔다.

"집안 사정 때문에 수학여행을 못 온 친구가 있는데, 그 친구에게 줄 선물이에요."

"그랬구나. 마음이 참 예쁘네."

"아니에요, 실은 오키나와에 있는 동안에 선물을 사려고 했는데 돈을 다 써버렸어요."

부끄러운 듯 머리를 긁적이며 대답했다. 그 남학생의 친구를 생각하는 마음이 기특하게 느껴진 나는, 잠깐 기다리라는 말을 건네고 기내 조리실로 돌아왔다. 기내에는 비닐 풍선, 휴대폰 줄과 미니 모형 비행기 등등, 어린이용 장난감을 준비해두고 있었다. 그것도 선물이 되지 않을까

하고 생각했다.

"어린이용이지만, 괜찮다면 친구에게 줄 선물로 가져가."

하며 슬며시 두 사람분을 건넸다. '앞으로도 따뜻한 우정이 계속되길 바라며 수학여행 못 온 친구와 마음씨 착한 학생 거야.'라는 메모도 같이 넣었다. 그 학생은 몇 번이나 감사의 인사를 한 후에 소중한 물건이라도 되는 양 장난감을 가방에 넣었다. 하네다에 착륙한 순간, "와! 드디어 도착했다."라는 환호성과 함께 박수 소리가 울려 퍼졌다. 수학여행 가는 학생들이 타는 비행에서 어김없이 볼 수 있는 이 광경은, 몇 번을 봐도 항상 뜨거운 감정이 솟구친다.

안도감과 고마운 마음이 한데 섞여, 반짝반짝 빛나는 아이들의 얼굴을 볼 수 있다는 것과 가슴에 새겨질 소중한 추억 만들기를 도울 수 있다는 것이 무척 기쁘다.

★

남학생의 말과 행동에는 수학여행을 함께 못한 친구를 생각하는 마음과 따뜻함이 넘치고 있습니다.

분명 여행 중에 몇 번이나 '같이 왔더라면 좋았을 텐데' '지금 어떻게 지내고 있을까' 하고 친구를 생각했을 것입니다.

다른 사람의 마음을 헤아릴 수 있다는 것은 아름다운 일입니다. 다른 사람을 위해 무엇인가를 해줄 수 있는 사람은 멋집니다.

사람은 자기 자신만 좋으면 그만이라고 생각하는 경향이 있지만, 친구들과 서로 돕거나 응원하는 것으로도 큰 힘이 솟습니다.

물질적인 선물보다 소중한 추억은 언제까지나 최고의 보물로 남을 것입니다.

나리타 —→ 홍콩행

# 두 개의 모자

단체 승객들 중에 예순이 넘어 보이는 백발의 남자분이 눈에 띄었다. 회색 베레모가 잘 어울리는 조용한 분이었다. 가슴에 달린 배지로 단체 승객임을 알았지만, 같은 모임의 승객과는 분위기가 조금 달랐다. 어딘지 모르게 쓸쓸해 보였고, 이제 곧 여행을 떠난다는데 설레는 느낌을 찾아보기 어려웠다. 언뜻 보니 손에 모자 하나를 더 쥐고 있었다. 동행은 없는 것 같았고 왠지 어색한 느낌이 들었기에, 편안하게 해드리고자 말을 걸었다.

"손에 든 모자, 괜찮으시다면 선반에 넣어드릴까요?"

그러자 약간 놀란 듯했지만, "괜찮다."는 대답이다. 자세히 보니 그 모자는 여자용인 듯했다.

"같이 오신 분이 계신가요? 괜찮으시다면 옆 좌석이 비어있으니 그분께 이쪽으로 오시라고 말씀드려 볼까요?"

살며시 여쭈었더니 이번에는 언짢은 표정으로 됐다고 대답했다.

"실례가 많았습니다. 그럼 편히 쉬세요."

괜한 짓을 하고 말았다고 반성하며 그 자리를 물러났다. 식사 전 음료 서비스를 할 때, 그분 곁으로 갔다. 같은 모임의 다른 승객들은 이야기에 활기를 띠며 즐거운 듯 분위기가 무르익었지만, 그분만은 아무래도 그저 시큰둥해 보인다기보다 왠지 슬퍼 보이는 표정이었다. 출발하기 전에 가족과 다투기라도 한 것일까……, 온갖 상상을 하면서 마실 것을 물어보자 화이트 와인을 달라고 한다.

"예, 알겠습니다. 화이트 와인 여기 있습니다."

안주와 와인, 플라스틱 컵을 건네자,

"고마워요. 컵도 하나 더 주시오."

"예, 알겠습니다. 컵 여기 있습니다."

그는 고맙다며 처음으로 내 눈을 보고 대답하셨다. 위스키를 마실 때 체이서(독한 술을 마신 뒤에 마시는 물이나 음료 -옮긴이 주)처럼 물이라도 넣으려는 걸까라는 생각을 하며 한마디 덧붙였다.

"물은 필요하지 않으세요?"

"아니, 괜찮습니다. 고마워요."

그렇게 말하며 와인을 각각 따르더니 두 손으로 컵 두 개를 부딪치며 건배를 하고 있었다.

혹시나 싶었다. 잘못 넘겨짚은 것인지도 모르지만.

"옆자리가 비어있으니 편하게 이용하세요. 실례하겠습니다."

그분 옆자리에서 테이블을 꺼내, 그 위에도 안주를 하나 올려놓고 편히 쉬라는 말을 전하고 그 자리를 떠났다. 음료 서비스가 한차례 마무리되었을 때 그분에게로 가서 말을 걸었다.

"여행이 기대되시겠네요. 홍콩은 처음이신가요?"

"예, 아니, 실은……"

식전에 마신 와인에 조금 취했는지 약간 볼이 발그레해져서 천천히 이야기를 하셨다.

"여행을 좋아하는 아내와 둘이서 홍콩에 가자고 약속했었지요. 그래서 세 번째 아내의 기일에 맞추어 신청을 했답니다……. 이것은 아내가 여행할 때 항상 쓰고 있던 모자라오."

유품을 갖고 여행하는 분이 계시다는 말은 들었지만 실제로 뵌 적은 처음이었다. 왠지 눈시울이 뜨거워졌다.

"사모님은 어떤 음료를 좋아하셨나요?"

"음 그렇지. 사과 주스를 좋아했지."

"사과 주스 말씀이시군요."

옆 테이블에 사과 주스를 갖다 놓으며 "그럼 홍콩까지 가는 비행, 두 분이 즐기세요."라는 말을 전했다. 그분은 무릎에 올려놓은 모자를 옆자리에 놓고 나에게 가볍게 윙크를 하셨다.

몇 개월 후, 그분이 보낸 감사 편지가 도착했다.

'승무원님이 신경 써주신 덕분에 즐거운 여행이 되었습니다. 바쁘신데 말을 걸어주셔서 고맙습니다. 역시 이야기할 상대가 있다는 것이 좋군요.

아직 말을 걸어오는 것이 힘들 때도 있지만, 승무원님의 배려하는 마음이 전해져서 조금 아내에 대한 마음의 빛이 덜어진 느낌이 듭니다. 조금 강해진 것 같기도 하고.

이번에 함께 여행한 동료들과도 그때부터 친해졌습니다. 일곱 번째 기일에도 귀사의 비행기로 여행을 하려고 마음먹었습니다. 다시 만날 수 있기를 기대합니다.'

★

사람의 목숨은 덧없는 것인지도 모릅니다.

하지만 나이가 들고, 약해지고, 병이 들고, 저세상으로 떠나도, 눈앞에서 사라지는 것은 육체뿐입니다. 육체는 없어지더라도 마음은 늘 곁에 머무를 수 있습니다.

먼저 떠나신 분은, 남겨진 사람들이 마음 편하게 살아가기를 바랄 것입니다.

그 승객분이 비행을 즐길 수 있었던 것은 천국에 가장 가까운 창공에서 일어난 일이기 때문일 것입니다. 아내분이 힘을 빌려주었을지도 모릅니다.

그런 신기한 힘을 느낀 것은 나 혼자뿐이었을까.


승객을 유심히 지켜보고 있으면 그분에게 최고의 인간적인 서비스를 하기 위한 힌트가 있다는 것을 깨달았습니다.

승객은 분명히 무언의 신호를 보냅니다. 승객들의 사정을 읽는 것은 결코 쉬운 일은 아니지만, 표정 변화, 행동, 시선, 말투 등에서 드러나지 않는, 마음의 소리를 읽어낼 수 있게 됩니다. 승객 한 분 한 분에게 다가가 따뜻한 마음으로 정성을 다하면 진심을 알 수 있고 그에 대응하는 서비스를 할 수 있습니다.

이러한 진심에서 비롯된 서비스가 승객에게 감동으로 이어지게 됩니다.

# 또 하나의 선물

ANA항공에서는 아이들만의 여행을, 출발 공항에서 도착 공항까지 도와주는 'ANA 키즈 라쿠노리 서비스(ANA Kids Rakunori Service)'가 있다. ANA 키즈 라쿠노리 서비스란 어머니 또는 보호자가 출발지 공항까지 아이를 데리고 배웅을 하면, 항공사 승무원들이 책임지고 아이를 맡아서 비행기에 안내하고 도착지 공항에 마중 나온 보호자에게 인도하는 서비스를 말한다.

여름방학이 되면 국내선에서는 할머니 댁이나 친척 집으로 놀러 가기 위해 ANA에 어린이들이 많이 탄다.

어느 날이었다.

여느 때처럼 ANA키즈 배지를 가슴에 단 귀여운 어린이들이 씩씩하게 비행기에 올라탔다. 방학 때마다 이 서비스를 이용하고 있어 익숙하게 타는 아이도 있지만, 처음 홀로 가는 여행이어서 불안한 마음에 당장에라도 울 듯한 표정의 아이도 있다.

"안녕. 어린이 여러분, 이쪽을 보세요. 좌석 벨트는 이렇게 매어주세요. 풀 때는 이렇게 하면 돼요. 알겠죠?"

어느 아이든 부모와 헤어지기 때문에 아무래도 약간 긴장한 듯해서 이렇게 한차례 설명하고 난 다음, 한 사람 한 사람씩 벨트를 제대로 매었는지 확인을 하며 이륙 준비를 하고 있었다. 이윽고 비행기가 출발하게 되면 설레며 눈이 초롱초롱 빛나기 시작한다. 여기저기서 흥분한 목소리와 재잘거리는 소리도 들려온다. 그러는 중에 선뜻 말을 걸기 어려운 어두운 표정의 남자아이가 있었다.

주변 아이도 그런 분위기를 느껴서인지 남자아이에게 말도 걸지 않는 것 같았다.

"긴장돼? 괜찮아? 자 금방 비행기가 뜰 거야. 하늘 여행 재밌게 해."라며 아이의 어깨를 부드럽게 톡톡 두드려주었다. 그 남자아이는 깜짝 놀라 나를 보며 가느다란 목소리로 "예."하고 대답했다. 처음 아이의 목소리를 들어본 것 같다. 그 날은 날씨가 무척 좋아 창밖에는 아름다운 구름 바다가 펼쳐져 있었다. 지상에서는 표정이 굳어 있었던 아이들도 "와!"

"멋지다!" "예쁘다!" 하고 환호성을 질렀다. 그러나 조금 전의 남자아이만 창밖을 보지도 않고 비행기에 탔을 때와 똑같이 어두운 표정 그대로였다. '무슨 사정이 있는 건가?'하고 유심히 살펴보니 그 아이 왼손에 뭔가를 쥐고 있는 것을 깨달았다. 시선을 집중해서 봤더니 아무래도 체인 같았다. '펜던트나 그 비슷한 체인인 것 같은데?' 가까이 가자 작은 손가락 틈새로 보이는 것이 펜던트라는 것을 알았다.

"펜던트를 쥐고 있었어? 멋진걸. 누구 사진이 들어있어?"

그렇게 물어보았지만, 펜던트를 쥔 주먹에 더욱 단단히 힘을 주었다. 무척 소중한 물건이었나 보다.

"미안. 누나가 이상한 것을 물어봐서. 신경 쓰지 마, 아, 참 조금 있으면 후지산이 보일 거야."라고 말했다. 그리고 아이들을 향해, "어린이 여러분, 곧 후지산이 보일 거예요. 산꼭대기에 눈이 조금 쌓여 있어서 무척 예쁘죠. 어린이 여러분, 보이나요?"

나는 통로 측에 앉아있던 그 남자아이를 출구 창문까지 안내했다.

"창 밖을 봐, 예쁘지. 이런 후지산은 좀처럼 보기가 힘들단다. 모두 착한 어린이들이여서 하느님이 선물을 주신 거야. 누나도 너희 덕분에 이런 행운이 생겼네."라고 다소 호들갑스럽게 한마디 덧붙였다.

"후지산은 일본에서 가장 높고 큰 산이랍니다.

이렇게 아름다운 후지산을 본 여러분은

산처럼 모든 것을 포용하는 큰 사람으로 될 수 있어요."

"예."

"아이들은 큰소리로 대답했다."

조금 전의 남자아이가 작은 소리로 말을 걸었다.

"그런데요, 누나. 하느님의 선물은 한 개뿐이에요? 나, 딱 하나만 더 하느님의 선물이 갖고 싶은데……."

"그래? 뭐가 갖고 싶어?"

말을 걸어준 것이 기뻐서 바로 물어보았다. 그러자 꼬마는, "아니, 아무것도 아니에요."

고개를 숙이고는 또다시 말문을 닫아버리고 말았다. 그 뒤로도 이런저런 이야기를 해보았지만, 그 아이는 희미하게 웃기는 해도 더 이상 아무 말도 하지 않았다. 결국, 하느님에게 원하는 것이 무엇인지 말을 하지 않아서 물어볼 수도 없었다.

며칠 후, 남자아이의 할머니에게서 편지 한 통을 받았다.

「지난번에는 손자가 승무원님께 큰 신세를 지게 되었습니다. 풀이 죽은 손자에게 여러 가지로 말을 붙여주서서 고맙습니다. 실은 그 아이가 며칠 전에 교통사고로 부모를 모두 잃어버렸답니다. 형제는 물론 돌봐주는 사람이 아무도 없는 손자는, 우리 집에서 살게 되어 처음 비행기를 탔답니다. 제가 공항에 마중을 갔을 때, "별일 없었느냐"고 물었더니 "무척 예쁜 후지산을 봤어요. 승무원 누나가 하느님이 주신 선물이래요. 승무원 누나가 이야기를 많이 해주어서 외로웠지만 울지 않았어요."라고 즐겁게 이야기해 주었답니다. 무척 힘들었을 손자에게 즐거운 추억과 활기를 주셔서 정말 고맙습니다.」

눈물이 솟아올랐다. 그리고 단지 기운을 주려고 의욕만 앞섰던 자신이 부끄러웠다. 펜던트 안에는 분명, 방긋 웃고 있는 부모님 사진이 들어 있었을 것이다. 어쩌면 꼬마와 같이 찍은 가족사진일지도 모른다. 네가 말한 하느님의 선물 하나가 무엇인지 지금은 알아. 미안. 네 기분을 알아 주지 못해서. 혼자서 그렇게 작은 가슴으로 슬픔과 고통을 간직하고 있었음에도 울지 않아서 훌륭해. 너라면 분명 앞으로도 씩씩하게 살아갈 수 있을 거야. 하느님은 분명 선물 하나를 더 주실 테니까.

★

고작 몇 시간이라고 해도 하늘 위에서는 마음도 몸도 편하게 쉴 수 있기를, 기내에서는
안심하고 짊어진 무거운 짐을 잠시 옆에 내려놓기를 진심으로 바랍니다.
비행기에서 내릴 때는 다시 그 짐을 짊어져야 할 것입니다.
그때, 조금이나마 짐이 가벼워진다면, 몸과 마음이 조금이라도 편해진다면 무척 기쁜
일입니다.
'좋아. 다시 힘내자!'라고 기내에서 기운을 충전할 수 있다면 이보다 더한 기쁨은 없을
것입니다.
사람의 마음을 넉넉하게 해줄 수 있는 것은 사람의 마음과 자연의 힘입니다.
하늘이라는 특별한 공간이기에 가능한 일이 있다고 믿고 있습니다.
웅대한, 끝없이 펼쳐진 넓은 하늘에서 우리가 모두 보호받고 있기 때문입니다.

# 어린 신사

할머니와 손자로 보이는 교복을 입은 남자아이가 탑승했다. 기내에 오를 때도, 통로를 걸어갈 때도 항상 남자아이가 할머니의 손을 잡고 있었다.

천천히 천천히 할머니의 걸음 속도에 맞춰, 남자아이도 한 걸음씩 내디디며 걷고 있었다. 다행히 출입구 가까이 두 사람의 좌석이 있어서 한시름 놓은 표정으로 자리에 앉았다.

'뭔가 도와줄 일이라도 없을까?'라고 생각하면서 다가갔더니, 할머니는 이미 좌석 벨트를 매고 있었고 마음이 놓인 듯 남자아이에게 말했다.

"고마워. 고마워. 이젠 괜찮아."

한편 남자아이는 아직 자신의 짐 정리도 그대로였고 벨트도 매지 않았다. 그 사이에 마지막 승객이 올라오고 문이 닫혔다. 그러자 남자아이가 손을 들었다.

"무엇을 도와줄까요, 학생?"

"이 자리 비어있나요?"

"예. 비어있습니다. 자리가 떨어져 있었군요. 죄송합니다. 괜찮으니까 앉으세요."라고 대답하자, 남자아이는 겨우 안심하고 짐을 앞좌석 밑에 밀어 넣고 벨트를 매었다.

"괜찮아. 신경 쓰지 마라."

할머니가 상당히 조심스럽게 남자아이에게 말하는 것이 약간 신경이 쓰였지만, 즐겁게 이야기를 하고 있어서 나도 업무로 돌아갔다.

음료 서비스를 하러 두 사람이 앉은 자리에 갔을 때 할머니에게 말을 걸었다.

"착한 손자네요."

그러자 의외의 대답이 돌아왔다.

"아니, 손자가 아니랍니다. 조금 전에 대합실에서 처음 만났는데, 친절하게 대해줘서……."

이야기를 들어보니 할머니가 혼자 계신 것을 알고 말을 걸었다는 것이다.

아직 철부지처럼 보이는 (고등학생이 갓 된 듯한) 남자아이가 이런 일을 하다니……, 많이 놀랐다.

마실 음료를 물으니 그 자리에서 할머니 앞에 있는 테이블을 꺼내며 먼저 드시라고 한결같이 할머니를 먼저 챙기는 신사다운 태도. 비행 중에도 의연하게 배려하는 모습을 종종 볼 수 있었다.

비행기에서 내릴 때도 탑승할 때와 마찬가지로 능숙하게 할머니를 에스코트했다.

공항에는 할머니의 따님이 마중을 나오겠지만 분명 그 따님과 만날 때까지 할머니의 손을 놓지 않을 것이다.

할머니를 위해서 정성을 기울인 어린 신사의 모습은 지금도 눈에 선하다.

〈★〉

'그릇이 작은 사람은 인연을 만나도 인연인 줄 모르고
평범한 사람은 인연인 줄 알아도 그 인연을 이어가지 못하고
그릇이 큰 사람은 옷깃이 스친 인연을 이어간다.'
- 야규 세키슈사이※

세상에는 인연이 있음에도 인연을 잇지 못하는 사람, 인연을 눈치채지 못하는 사람들
이 많이 있는 반면, 사소한 인연을 이어가는 사람도 있다는 의미입니다.
만남은 사람의 인생을 바꿉니다.
사람들이 기쁨을 느끼는 것 중에서 가장 멋진 것은, 좋은 사람과의 인연이 아닐까요.
좋은 인연은 더 좋은 인연을 만듭니다.
남자아이에게 할머니와의 인연이 좋은 인연으로 이어진다면 그처럼 멋진 일은 없을 것
입니다. 할머니도 그 인연에 감사하고 있을 것입니다.
좋은 인연을 만들기 위해서는 온화함, 겸허함과 감사하는 마음이 중요합니다. 인연을
소중히 여기는 마음이 따뜻한 정으로 이어지기 때문입니다.

※ 본명은 야규 무네요시(1529~1606). 세키슈사이는 호이다. 일본 전국 시대의 검술사.

- 옮긴이 주

하네다 ⟶ 센다이행

# 마지근한 녹차

출장 가는 날 아침, 집을 나서다가 엄마와 다투었다.

한 집안의 가장으로서 자식들을 먹여 살리기 위해 험한 세월을 헤쳐 온 엄마는, 다부지고 말이 거칠고 마음에 들지 않으면 누구하고든 싸움을 해버리는 타입이다.

그날도 서로 큰 소리로 다투어 험악한 분위기로 변했다. 기분이 상한 나는 현관문을 힘껏 꽝 닫아버리고 집을 나섰다. 기가 센 엄마와 싸워 기분이 나빠진 채로 집을 뛰쳐나가 버리는 일은 종종 있었지만, 왠지 오늘 아침은 불평을 늘어놓으며 부엌에서 접시를 씻는 뒷모습이, 평소보다 힘없이 구부정해 보이는 것이 마음에 걸렸다. 엄마와의 말다툼으로 집에서 늦게 나와 상당히 아슬아슬하게 간신히 하네다공항에 도착했다. 탑승구로 가는 도중, 배에서 '꼬르륵'거리는 소리에, 아침부터 물 한 잔도 마시지 않은 빈속이라는 사실을 떠올렸다.

엄마가 차려준 아침밥을 먹지 않고 온 것을 후회하면서, 허둥지둥 매점에서 도시락을 사서 비행기에 올라탔다.

'이럴 줄 알았으면 말싸움하는 동안에 먹을 것을 집어 왔더라면 좋았을걸.'

자리에 앉자 한시름 놓였는지 빈속이 괴로워 어떻게 해서든 당장 도시락을 먹고 싶어졌다. 이륙하기 전에 테이블을 제 위치로 돌려놔야 한다는 것은 알고 있었지만, 아직 승객도 다 타지 않은 것 같았고 주위를 둘러보니 빈자리도 있었다. 무엇보다 맨 앞쪽 문이 아직 열려 있었다. '됐어. 이 정도면 먹을 수 있겠다!' 그렇게 생각하며 테이블을 꺼내 서둘러 도시락을 먹기 시작했다. 한 숟갈 그리고 두 숟갈째를 입에 넣었을 때였으리라.

"손님, 상공에 가면 뜨거운 차를 드리겠습니다."라며 승무원이 종이컵에 미지근한 녹차를 가져다주었다.

"이륙할 때까지는 테이블을 원래 위치로 돌려놔 주세요."

"예. 고맙습니다."

방금 받은 미지근한 녹차를 벌컥 마시고 그 기세로 도시락을 깨끗하게 비웠다.

'뭐라고 한 소리 듣겠다.'고 생각했는데 재치 있는 노련한 서비스에 놀라움과 함께 마음이 따뜻해졌다.

그 일과 동시에 아침에 입도 대지 않은, 식탁 위에 차려 놓은 아침밥이 생각났다.

토마토 주스와 전갱이 말린 것, 구운 김과 달걀 프라이, 그리고 된장국과 밥이 있는 평범한 밥상.

하지만 된장국과 밥은 언제나 뜨거운 김이 모락모락 날 정도로 뜨끈뜨끈했다. 내가 일어나는 시간에 맞추어서 식탁에 앉기 직전에 따뜻하게 데워준 것이다. 절묘한 타이밍에 승무원에게 받은 서비스에 감동하면서 내가 항상 집에서 기막힌 시간에 엄마에게 서비스를 받고 있었다는 사실을 깨달았다.

'엄마 나름대로 나를 위해 아침밥을 신경 써 주었던 거야' 이제까지 당연하다고 생각했는데……. '그 밥 어떻게 했을까? 분명 투덜투덜 불평하면서 먹었겠지.'

나도 지나쳤어. 뭐라도 사갖고 돌아가야겠다. 분명히 말다툼한 일은 새카맣게 잊어버렸을 테지만. 할 말을 다하고 나면 금방 잊어버리는, 뒤끝이 없는 엄마와 아들이니까. 평소처럼 "다녀왔습니다." 인사하고 집에 들어가 봐야지.

승무원의 세심한 씀씀이로 울적했던 마음이 활짝 갰다. 그 한 잔의 녹차가 도시락을 먹을 때의 목마름뿐만 아니라 마음의 답답함까지 흘려보내 준 느낌이다. 진심으로 감사드린다.

★

"손님 여러분! 곧 이륙할 예정입니다. 죄송하지만 테이블을 원래 위치로 돌려주십시오."라고 부탁하는 것은 간단합니다.

승객들도 다 먹고 난 도시락을 치우고 테이블을 제자리로 돌려놓으실 것입니다. 그러나 주의받은 사람의 기분은 어떨까? 기분이 나쁘지는 않을까? 그중에는 사람들 앞에서 '창피를 당했다'는 생각이 들어 불쾌감이 드는 분이 계실지도 모릅니다.

부탁이나 사과를 할 때는 먼저 상대방이 지금 무엇을 원하고 있을까, 무엇을 생각하고 있을까, 상대방의 마음의 소리를 듣도록 노력해야 합니다. 상대방의 입장이 되어 부탁하고, 사과하고, 한 번 더 이유를 전하는 것에서 비로소 상대방도 인정하고, 이해하며, 협력해 주실 것입니다. 덧붙여서 거절해야 할 때는 거절하는 것만으로 끝내지 말고 반드시 대체 방법을 제안하면 긍정적인 관계가 됩니다.

미지근한 차라면 빨리 마실 수가 있습니다. 그러나 보통 음료 서비스로 제공되는 뜨거운 차로는 그럴 수 없습니다.

이러한 배려에서 승객과의 기분 좋은 관계가 생겨납니다.

아주 사소한 것, 별것 아니라고 생각하는 것부터 관심을 가져보지 않겠습니까.

방콕 → 나리타행
작은 친절

방콕으로 혼자 여행 갔다 돌아오는 비행기에서 있었던 일이다.

화장실에 가기 위해 자리에서 일어서는데 무릎 위에 놓았던 가방에서 물건들이 쏟아져 나와 사방으로 흩어졌다. 가방의 지퍼를 열어놓은 것을 모르고 무심코 일어났던 것이다. 당황하며 줍고 있는데 주위에 앉아 계신 분들이 함께 도와준 덕분에 빨리 물건을 주워 담을 수 있었다. 하지만 아무리 찾아봐도 자전거 열쇠는 보이지 않았다.

"죄송합니다, 고맙습니다."

"찾지 못한 물건이 있나요?"

"실은 자전거 열쇠가 아직……."

"자전거 열쇠라. 너무 멀리까지는 떨어지지 않았을 텐데……."

미안한 마음이 들면서도 계속 찾아보았다. 언뜻 보니 승무원을 비롯한 앞자리에 앉아 계신 분도, 뒷자리에 앉아 계신 분도, 주위 몇몇 분들도, 좁은 시트 사이에서 열심히 찾고 있는 게 아닌가! 카펫에 무릎을 굽혀 통로에 나와서 찾고 있는 분도 계셨다. 하지만 자전거 열쇠는 찾지 못했다.

열쇠고리도 끼우지 않은, 작은 보통 열쇠.

아무리 좁은 기내라고는 해도 작은 열쇠를 찾는 것은 쉬운 일이 아니다. 게다가 이 정도까지 찾아도 없다면 처음부터 가방 안에 없었던 것은 아닌지 불안해졌다.

그때였다. "찾았다"는 큰 소리가 들려왔다.

놀라서 얼굴을 들어보니 셋째 줄 뒷좌석에 있던 분이 손을 들었다. 좌석 밑에 들어가 있던 것을 찾아주신 것이었다.

그랬다. 순간의 부주의로 일어난 일에 대하여 모두 한마음이 되어 찾아주신 것이다.

고작 자전거 열쇠인데.

각자의 일로 피곤해서 비행기에서나마 조용히 쉬고 싶었을 텐데.

그런데도 한마음으로 찾아주셨다.

모두의 호의에 가슴이 뜨거워졌다.

"정말 고맙습니다."라고 몇 번이나 머리를 숙이자

"다들 그렇게 서로 돕고 사는 거지요 뭐."

"마음 쓰지 않아도 돼요."

"잘됐다. 잘됐어."

"이번에는 확실하게 잠가둬요."라며 웃는 소리들로 가득했다.

승무원도 함께 고마움을 표시했다.

"손님 여러분, 협력해 주셔서 감사합니다."


따뜻한 인정을 느끼며 잃어버린 물건을 찾았다는 안도감뿐만이 아니라 뭔가 특별한 것을 얻은, 그런 기분이 들었다. 여러분, 고맙습니다.

★

인간관계가 옅어졌다고들 합니다.

다른 사람 일에는 무관심한 사람도 늘어난 것 같습니다.

이웃집에 사는 아이가 내내 큰 소리로 울고 있어도 나와는 상관없는 일이라고 모른 척을 하거나, 근처에 혼자 사시는 어르신이 요즘 들어 통 보이지 않아도 어르신 집으로 찾아가 보지도 않거나…….

바쁜 하루하루, 내 일만으로도 정신이 없어서 귀찮은 일에는 휘말리고 싶지 않은 것이 솔직한 마음인지도 모릅니다.

하지만 때로는 아주 작은 행동이나 말들이 상대방에게는 큰 도움이 되기도 합니다.

뭔가 우리들이 할 수 있는 일들이 틀림없이 있습니다.

난처한 일을 당한 사람을 보고 도와주신 승객들.

"걱정하지 마. 찾을 수 있을 거야."라고 격려해주신 승객들.

우연히 같은 비행기를 타게 된 것뿐인데 말입니다.

그러나 이 승객에게는 자전거 열쇠를 찾아준 고마운 분이기도 하며, 함께 열쇠를 찾은 팀이기도 합니다.

늘 마음속에 이분들이 함께 자리할 것입니다.

세상이 작은 친절로 가득하게 된다면 무척 기쁘겠습니다.

시드니 ⟶ 나리타행

# 울지마요

이륙 준비를 위해 안전성 체크를 하고 있는데, 의자 등받이를 뒤로 젖히고 쉬고 있는 승객을 발견했다. 머리가 긴, 젊은 여성이었다. 이착륙 때에는 안전상, 의자를 제자리로 돌려놓게 되어있어서 실례가 되는 줄은 알지만 말을 걸었다.

"손님, 쉬고 계시는데 죄송합니다. 곧 이륙하니 의자 등받이를 원래대로 돌려주시겠습니까?"

귓가에 대고 작은 목소리로 부탁해보았다. 들리지 않는 것일까, 반응이 없다. 눈도 감은 채이다. 그래서 다시 한 번 조금 전보다 약간 큰 소리로 "죄송합니다. 의자 등받이를……." 하고 말을 한순간 그 여성분이 눈을 뜨고 나를 딱 노려보며 좌석을 돌려놓았다.

"감사합니다. 잠을 깨워서 죄송합니다."라고 전하고 여성분의 얼굴을 본 순간 깜짝 놀랐다.

울고 있었던 것일까, 크고 동그란 눈이 빨갛게 충혈되어 있었다. 자세히 보니 눈물이 고여 있었다. 그 표정을 보니 무슨 말을 건네야 할지 몰라 그저 인사만 하고 황급히 그 자리를 떠났다.


비행기가 상공에 오르자 그 여성분은 다시 의자 등받이를 뒤로 젖혔다. 그리고 비행을 하는 내내 손수건으로 얼굴을 가리고 눈물을 참고 있었다. 꽤 슬픈 일이 있었나 보다. 이런 때는 항상 뭐라고 말을 걸어야 좋을지 정말 난처하다. 슬퍼하시는 분, 표정이 어두우신 분, 이런 분들의 마음속을 살핀다는 것이 쉽지 않기 때문이다. 주위에는 다른 승객분도 계시고, 거기까지 우리가 끼어들어서 좋을 것은 없다고 생각한다. 이때도 결국, 차가운 물수건을 갖다 드리는 것밖에는 다른 방법이 없었다.

"괜찮으시다면 이것을 사용하세요."라며 건네주자 "감사합니다."라고 가녀린 목소리로 대답했다.

"눈에 대고 있으면 편해질 겁니다."라고 한마디를 덧붙였다.

그 이상은 무리였다. 그 여성분이 훌쩍훌쩍 울기 시작했기 때문이다.

도저히 말을 걸 수 있는 상태는 아니었지만, 이대로 나리타에 도착해

울면서 내리게 하고 싶지는 않았다.

"왜 우시는지는 모르겠지만, 이런 말이 있어서 전해드립니다.

'Don't cry because it is over, smile because it happened'

'끝난 일에 울지 말고 시작한 일에 웃자.'"라고 메모를 적어 건네주었다. 이전에 어떤 일로 접한 글귀였다.

승객은 놀랐지만, 메모를 다 읽고 나를 보며 고개를 끄덕였다. 그리고 눈물을 흘린 사연을 들려주셨다.

"사실은 실연당했어요. 결혼을 전제로 사귄 사람이 있었는데, 다른 여자와 사귀고 있는 것을 알고 따졌더니, 그 여자와 결혼한다고 하더군요. 그래서 조금 전에 헤어졌어요. 어쩔 수 없지 않겠어요. 줄곧 장거리 연애를 했었고……. 실컷 울고 나니 조금 속이 후련해졌어요."

"그런 일이 있었군요. 힘드시겠어요. 말씀해 주셔서 감사합니다. 앞으로 분명 지금보다 더 멋진 만남이 있을 테니까 힘내세요."

나도 가까스로 위로의 말을 생각해내었다.

여자 승객이 앉은 뒤편 창가로 날이 저문 나리타 공항이 보였다. 탈주로 유도 불빛이 마치 루비와 에메랄드, 사파이어처럼 빛나고 있었다. 늘 보는 광경이지만 이날의 불빛은, 마치 그 여자 승객을 격려하는 듯 온화하고 부드러운 느낌이 들었다. 착륙할 때 계속 창문 밖을 보고 있었기에

이 분의 마음에도 보석의 반짝임이 전해졌을 터이다.

나리타에 도착해서 내리는 승객들에게 인사를 하고 있는데 그 여자 승객이 내 앞에 멈춰 섰다. 그리고 생긋 웃으며 이런 말을 남기고 내려갔다.

"아무리 외로워도 슬픈 표정은 짓지 않겠습니다. 언제 누가 제 웃는 모습을 보고 좋아하게 될지도 모르잖아요."

그날 처음 웃음을 보여주며 마지막으로 남긴, 여자 승객의 말과 얼굴이 지금도 마음에 남아있다.

〈★〉

실은 그 후에 지인으로부터 이런 말을 알게 되었습니다.
그때 여자 승객에게 전하고 싶은 마음에서 적어봅니다.


"Maybe God wants us to meet a few wrong people before meeting the
right one, so that when we finally meet the person, we will know how
to be grateful."
아마도 신은 우리들에게 진심으로 운명이 아닌 사람들과도 만나기를 바랄 것입니다.
마침내 그 사람과 만났을 때, 그것이 얼마나 멋진 만남인지 알아주길 바라는 마음에서.

story
10

하네다 → 고마츠행

# 시원한 물 한 잔

거래처 회의가 길어져 공항에 도착한 것은 정확하게 출발 시각 20분
전이었다.

수화물 검사를 통과하고 게이트로 급하게 가고 있는데, 상사에게 전
화가 걸려오는 바람에 서둘러 컴퓨터로 일을 처리해야만 하는 상황이
되었다. 내가 타는 비행기의 출발 게이트까지는 약간 거리가 있었지만,
잠시라면 괜찮을 거라 대수롭지 않게 생각하고 일을 시작했다. 얼마 안
있어 마지막 안내 방송이 나오기까지 가까스로 일을 마치고 게이트를
향해 달리기 시작했다. 겨우 출발 시각 3분을 남기고 있었다.

"ANA○○편에서 고마츠로 출발하시는 손님 안 계십니까?"

지상 직원이 고마츠행의 마지막 탑승 안내 방송을 하고 있었다. 그러자 근처에 있던 휴대용 무전기를 들고 있던 직원이 서두르고 있는 나를 보고 말을 걸었다.

"혹시 고마츠로 가시는 손님이신가요?"

"예, 그렇습니다."

"죄송하지만 서둘러 주시겠습니까? 짐 하나를 들어드리겠습니다."라며 무거운 가방을 들고 함께 뛰었다. 게이트까지는 아직 거리가 있었다.

"힘내세요."라고 격려해주면서 둘이서 헉헉거리며 정신없이 달렸다.

지상 직원들은, 도대체 하루에 몇 번이나 나 같은 승객을 대하며 달리고 있을까라는 생각을 하니 무척 미안한 마음이 들었다. 가까스로 게이트에 도착했으나 출발 예정 시간을 넘기고 말았다.

"비행기를 놓치지 않아서 다행입니다. 조심해서 다녀오십시오."

여직원과 게이트에 있던 지상 직원들에게 친절하게 배웅을 받으며 기내로 향했다. 기내에 들어가자 "어서 오세요, 기다리고 있었습니다."라고 하는 승무원의 목소리와 동시에 드르륵 둔탁한 소리를 내며 문이 닫히는 소리가 들렸다. 다른 승객들의 곱지 않은 시선을 느끼며 내 자리로 걸어갔다. 짐을 정리하려고 했는데 주변 선반은 이미 가득 차버렸다.

'아니, 어떻게 된 거지.'하는 생각이 든 순간,

"멀어서 죄송합니다만 이쪽으로 넣어주세요."

승무원이 내 자리보다 열 자리 이상 뒤쪽에 있는 사물함을 손으로 가리켰다. 멀어서 내키지 않았지만 싫다고 말할 수도 없었다. 한시라도 빨리 자리에 앉아야만 했기에 짐을 부탁하고 겨우 자리에 앉았다.

"손님, 서둘러 주셔서 감사합니다. 괜찮다면 시원한 물을 가져왔으니 마시세요."라며 나에게 종이컵을 쓱 건네주었다.

목이 말랐던 나는 물을 단숨에 벌컥벌컥 들이켰다.

'맛있다.' 물이 이렇게 맛있다고 생각한 것은 오랜만이었다. 시원한 물 한 잔으로 가빴던 숨도 가라앉고 다른 탑승객에 대한 미안함에 복잡했던 마음이 좀 편안해졌다. 내가 늦게 온 탓으로 출발도 늦어버렸는데 감사의 말과 시원한 물 한 잔의 서비스까지. 직접 마음을 담은 서비스를 받은 나뿐만 아니라, 그 광경을 보고 있던 승객들의 마음마저 사로잡은 것은 역시 감탄할 만하다고 생각했다. 무사히 제 시간대에 고마츠에 도착해, 벨트 착용 사인이 꺼지고, 승객들이 짐을 꺼내기 시작했다. 뒤쪽에 짐을 놔둔 나는, 승객이 내리는 행렬에서 거슬러 올라가게 되어서 마지막에 내리려고 생각하고 앉아 있었다. 그러자 "손님, 오래 기다리셨습니다. 짐을 가져왔습니다. 탑승해 주셔서 감사합니다."라는 승무원의 목소리가 들려왔다.

그랬다! 놀랍게도 승객들이 줄을 지어 나가기 전에 재치를 발휘해 승무원이 내가 있는 곳까지 짐을 갖고 와준 것이었다. 마지막까지 놀라움의 연속이었다.

함께 땀을 흘리며 달려준 지상 승무원님, 수고하셨습니다.

상냥한 말과 함께 물을 갖다 준 승무원님, 짐까지 신경을 써주셔서 감사합니다.

'서로 마음을 모아 승객들의 불편을 최소화하고 승객들 입장에서 서비스를 제공하는 좋은 항공사구나.'라고 절실히 느꼈다.

돌아가는 비행기에서는 여유를 갖고 게이트에 들어가야겠다.

★

무사히 제시간에, 쾌적하게 승객을 목적지까지 모셔다 드리는 일이 우리들의 역할입니다. 짐을 들고 같이 달리는 것도, 기다리시는 일이 없도록 짐을 갖다 드리는 것도, 당연한 일입니다. 예정된 비행기에 탈 수 없어 기분을 상하게 하고 싶지 않고, 한시라도 빨리 땀을 닦고 마음을 안정시키시길, 기다리게 해서 초조하게 해드리고 싶지 않은, 단지 그것뿐입니다. 늘 우리 가까이 있는 분들에게 할 수 있는 모든 것을 해주고 싶다고 우리 ANA 스태프는 항상 생각하고 있습니다. 땀범벅이 되어 달린 승객분에게 우리들이 할 수 있는 일, 그것은 시원한 물 한 잔을 갖다 드리는 것입니다.

그 유명한 센노 리큐※는 "다도란 무엇인가?"라는 질문을 받았을 때, "갈증을 푸는데 머무른다."라고 대답했습니다.
목마름을 풀어주는 것이 아니다. 사람 마음의 갈증을 풀어주는 일이 중요하다고 설명하고 있습니다.
비행 동안에 승객들의 목의 갈증만이 아니라, 마음의 갈증도 풀어 줄 수 있는 공간과 시간이 된다면 그처럼 행복한 일은 없습니다.
그리고 이런 마음이 승객에게 전달된다면 무척 기쁜 일이며 우리들에게 보람이 됩니다.
구름 위 찻집에 오신 것을 환영합니다.

※ 센노 리큐(1522년~1591년). 일본 전국시대 다도(茶道)의 대성자. -옮긴이 주

나리타 → 베이징행

# 기쁨의 세리머니

기내에서 사람들 시선도 아랑곳하지 않고 승리의 포즈를 취하고 있는 남자 승객을 보았다. 아직 이륙한 지 얼마 되지 않아 상승 중에 있었던 일이다.

조용한 비즈니스석인지라 아무 말 없이 얼굴에 홍조를 띠고 무척 기뻐하는 모습이었다. 무슨 일인지는 잘 모르겠지만 나도 함께 포즈를 따라 해 보고 싶어질 정도의 박력이었다.

벨트 착용 사인이 꺼지면 곧장 그 승객에게 가서 무슨 좋은 일이 있는지 물어봐야겠다고 생각하고 궁금증을 간신히 참으며 승무원 자리에 앉아 있었다.

상공에서 사인이 꺼지고 재빨리 가까이에 가자 그 승객은 더욱더 싱글벙글 웃고 있었다. 그 모습에서 말을 걸어도 괜찮을 거라고 판단하고 솔직하게 물어보았다.

"손님, 뭔가 좋은 일이 있으신가요?"

"아! 예, 기쁜 일이 있습니다."

그는 얼굴 가득 웃음을 띠며 대답해 주었다. 다만 아쉽게도 그 이상은 말하지 않았다. 잠시 후, 식전주(食前酒)를 알려주려고 그 승객에게 갔다.

"축하합니다. 축하 샴페인을 가져왔습니다. 술을 좋아하지 않으시면 건배만으로도 어떨까요?"라고 말하며 샴페인을 권해보았다.

"아! 정말 감사합니다. 그럼……."

그는 잔을 받아들고 시원하게 샴페인을 들이킨 후 무척 즐거운 듯 이야기해 주었다.

"실은 곧 결혼합니다."

"축하드립니다. 멋지네요."

"감사합니다. 2년 동안, 장거리 연애를 하던 여자 친구에게 청혼했는데 제 마음을 받아주더군요. 그래서 여자 친구가 사는 베이징으로 가고 있습니다."

"그럼, 베이징에서 결혼생활을 하시겠네요."

"예, 일본과 달라서 많이 힘들겠지만, 둘이서 힘을 모으면 충분히 헤쳐나갈 수 있을 것 같습니다."

"행복하게 잘 사세요."

이렇게 이야기를 나누는 것이 주위 사람들에게 들렸던 모양이었다.

"축하해요."

"잘 되었네요."

"행복하세요."

주변에 앉아있던 승객들도 저마다 축하 인사를 건네주었다. 장시간의 비행이라도 그다지 승객들끼리 이야기를 나누는 일은 없지만, 이때는 모두 환하게 웃으며 즐거워했다. 그래서 주위 분들에게도 술을 드실 건지 여쭈어보고 희망하는 분에게 샴페인을 가져다 드렸다. 그러자 한 사람이 "결혼을 축하합니다."라고 선창하며 가까이 앉아있는 사람들과 건배를 하였다. 당사자는 부끄러워하면서도 즐거워 보였다. 4시간이 넘는 비행이었지만 지루한 줄 모르는 온화하고 행복한 여행이었다.

★

사람들은 분위기를 만들어냅니다.

사람이 특정한 장소에 모여서 만들어지는 분위기라는 것이 있습니다.

그것은 따뜻하기도 하고, 차갑기도 하며, 밝거나 어둡기도 하고, 편안하기도 하고, 답답하기도 하고, 실로 다양합니다.

이러한 분위기는 사람의 기분을 좌우합니다.

서로 낯선 사람들이지만 같은 공간에서 만들어진 분위기에 따라 함께 공감하기도 합니다.

마치 연못에 작은 돌을 던졌을 때 생기는 파문처럼 넓게 퍼집니다.

때로는 자신부터 작은 돌을 던져 여유 있는 마음을 전하는 것도 좋을 것입니다.

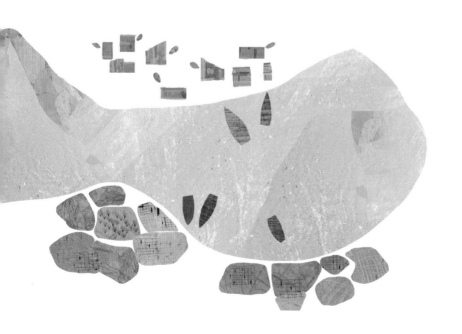

하네다 ⟶ 치토세행

# 세상에 하나뿐인 도시락

하네다 발 치토세행으로 가는 330명의 수학여행단을 태운 비행기에서 근무했을 때의 일이다. 때마침 점심시간이 걸린 비행이었다.

탑승 직후에 여행사 직원으로부터 '상공에 가면 아이들이 도시락을 먹어야 하니 마실 것을 부탁드리겠습니다.'라는 연락을 받았다. 담당 객실 승무원에게 보고하고 서비스 순서를 정했다. 벨트 착용 사인이 꺼진 후, 조리실에서 앞치마를 걸치고 서비스 준비에 들어갔을 때였다.

"으악!"

갑자기 남자아이의 커다란 비명이 기내 조리실에 울려 퍼졌다.

'도대체 무슨 일이 일어난 거지?' 당황해서 가보니 그 남자아이의 도시락이 바닥에 엎질러져 있었다. 될 수 있으면 사용 후 버릴 수 있는 용기에 가지고 오라는 학교 지시에 따라 가지고 온, 손에 익숙하지 않은 플라스틱 그릇이 미끄러져 놓쳐 버린 것 같았다.

"아! 어떡해."

"아깝다."

통로까지 튀어버린 반찬을 보며 주위 아이들도 소란스러웠다.

"괜찮아. 바로 치울 거니까."

"죄송해요."

그 아이는 미안한 듯 꾸벅 머리를 숙이며 사과했고, 함께 엎질러진 도시락을 치우기 시작했다. 바닥을 깨끗이 청소한 후 아이가 손을 씻고 자리로 돌아오니,

"자, 선생님이 싸온 주먹밥 하나 먹어."

선생님이 주먹밥을 건네주었다.

"고맙습니다."

학생이 얼굴을 붉히며 머리를 긁적거리면서 주먹밥을 받아들고 자리에 앉았다.

"이것 봐, 특제 도시락 완성."

옆에 아이가 어디서 모아 온 것인지, 반찬을 가득 담아온, 손수 만든 도시락을 내밀었다. 모두 그 아이 모르게, 조금씩 자신의 도시락에서 반찬

을 하나씩 덜어 만든 것이었다. 도시락 뚜껑 위에 온갖 종류의 반찬이 가
득해서 맛있어 보이는, 정말 어린이 세트메뉴 같은 도시락이었다.

"내 것보다 맛있어 보인다."

"엎질러졌던 게 오히려 더 잘 된 거 아냐?"라며 놀리는 소리도 들려
왔다.

"고마워……."

십시일반 친구들의 배려로 완성된, 세상에 단 하나밖에 없는 도시락
을 학생은 즐거운 표정으로 먹기 시작했다.

그렇게 이야기가 오고 가는 중에 나는 조리실로 돌아와, 어린이용
세트 메뉴에 꽂아 놓은 깃발을 흉내 내어 이쑤시개에 ANA 로그를 붙
인 작은 깃발을 만들었다. 그 깃발을 가지고 가서 특제 도시락에 꽂아
주었다.

"자, 세상에서 하나뿐인 특제 도시락 완성."

그렇게 말하자

"와! 정말 멋진 도시락이에요."

즐겁게 대답해주었다.

"좋겠다!"

"이번에 떨어뜨리면 더 이상은 없어."

또다시 시작된 놀림에 더욱 얼굴을 붉히는 어린 학생.

빛나는 것을 눈에 담으며, 맛있게 한입 가득 물고 있는 아이의 얼굴은
정말 즐거워 보였다.

★

착한 마음 씀씀이로 완성된 특제 도시락.

모두의 따뜻한 마음이 가득 담겨 따끈따끈한 김이 서려 있는, 애정 넘치는 최고의 도시락이었습니다.

"요즘 젊은이들은 자신만 좋으면 된다고 생각하는 사람이 많아."라는 말들을 자주 듣습니다. 미안하지만 나도 그렇게 생각하고 있었습니다.

도시락을 떨어뜨려 버린 그 아이에게 '뭐 하고 있는 거야. 히히히.'하고 웃어버리거나, '떨어뜨린 사람이 잘못한 거야.' '나랑은 관계없어.'라며 무관심하게 보지는 않을까, 친구가 조금 걱정이 되면서도 '선생님께 주먹밥을 받았으니까 그걸로 된 거지.'라고 아무렇지도 않게 자신의 도시락을 먹고 있을 사람이 많을 거라고 저는 생각했습니다.

하지만 그렇지 않았습니다.

모두 하나씩 덜어 모아 푸짐해진 반찬은 화려한 도시락이 되었습니다.

한 사람 한 사람이 할 수 있는 일은 그다지 크지 않아도, 모두가 힘을 모아 함께 하면 쉽게 할 수 있는 일은 많습니다.

한 사람이 백 걸음을 걷는 것보다 백 명이 한 걸음씩 걷는 그런 팀의 힘이란 강한 것입니다.

한 사람이 모든 일을 이루는 것도 훌륭하지만, 아주 사소한 일을 모두 함께 해 커다란 성과를 내는 것 또한 훌륭합니다.

같은 반(팀) 친구를 위해서 모두가 뭔가를 하는, 그리고 마음을 기울이는 일이 멋지다는 것을 어린 학생들에게 배웠습니다.

도야마 ⟶ 하네다행

# 이거 먹고 힘내요!

"삶은 달걀 먹을래요?"

소리가 들리는 옆좌석을 돌아보니 단체 승객 중 한 사람이 웃으며 나를 보고 있었다.

"무슨 일이신가요?"

승객 가까이 다가가자 삶은 달걀이 가득 든 불룩한 비닐봉지 안에서 랩에 싼 달걀을 하나 꺼내주며, 부드럽게 말을 걸어주었다.

"나중에 이거 먹고 힘내요."

이번에는 옆에 있던 여자 승객이 유리그릇을 열고 이쑤시개를 꽂아 "하나 집어요. 내가 만든 절임 요리예요. 맛있어요."라고 권해주셨다. 비교적 나이가 많은 단체 승객이 탑승할 때, 기내에서는 맛 자랑이 한창인 경우도 많다. 각자가 정성껏 준비한 자랑할만한 음식을 갖고 와서 대접하는 모습은 보기 좋다. 비닐봉지가 찢어져 버리는 것은 아닌가 싶을 정도로, 한가득 들어있는 삶은 달걀에 놀랐지만…….

"감사합니다."

호의를 감사하게 받으며 말했다.

"녹차라도 함께 드시면 어떨까요?"

그러자 삶은 달걀을 주신 분이 따뜻한 격려의 말을 해주셨다.

"별별 일들이 다 있겠지만 살다 보면 좋은 일도 있으니까 기운 내요."

"네?"

생각지도 못한 말에 나는 놀랐다. 그리고……, 짐작 가는 것이 있었다.

탑승 안내를 하고 있을 때, 어떤 남자 승객이 나에게 화를 내는 모습을 보았던 것이다. 승객이 화를 낸 이유는 자리가 꽉 차는 바람에 그 남자 승객이 탑승했을 때는 이미 주위 선반이 가득 차서 그 승객의 짐을 넣을 수 없는 상황이었다.

"짐을 어디다 넣으란 말이야."

큰 소리로 화를 내었다. 이쪽에서 신경을 써서 곧장 안내했어야 했는데 조치를 취하지 못한 것이 원인이었다. 잘못은 나에게 있었다. 다른 장소를 안내해서 사태를 무사히 넘겼지만, 그 남자분의 목소리가 주변에

까지 들려서 승객들을 놀래게 해드렸다.

"죄송합니다."

다른 승객들에게 사죄하고 나도 업무로 돌아왔지만, 단체 승객들이
그 일을 기억하고 있었다. 그래서 나를 격려해 준 것이다. 가슴이 찡했다.

그 당시, 신입이었던 나는 스스로는 웃으며 일을 하려고 했지만, 불편
한 일이 있으면 표정에 그대로 나타났을 것이다. 사실 상당히 풀이 죽어
있었다. 선배들처럼 재빠르게 대처할 수 없었던 일로 자신감을 잃어버
렸다.

그럴 때, 승객들의 격려와 웃음 띤 얼굴⋯⋯.

이보다 더 강한 힘을 주는 것은 없다.

흐를 듯한 눈물을 간신히 참으며 모두에게 마음속으로 고마움을 전
했다.

도착 후, 다음 비행까지 남는 휴식 시간에 조금 전에 받은 삶은 달걀
을 한입 먹어보았다.

'삶은 달걀이 이렇게 맛있었던 거야.'라는 생각이 들 정도로 놀랄 만
큼 맛있는 달걀이었다. 삶은 달걀과 함께 받은 절임 반찬을 씹자 아삭아
삭하고 시원한 소리가 들렸다. 씹을 때마다 퍼지는 상큼한 맛에 마음은
위로가 되고 가벼워졌다. 사람의 따뜻함을 새로이 느끼고, 멋진 승객들
을 만날 수 있어, 비행을 도울 수 있는 승무원이 되길 잘했다는 생각이

진심으로 들었다.

　따스하게 마음에 스며드는 말과 삶은 달걀과 절임 반찬, 정말로 감사합니다.

★

사람들은 괴롭거나, 곤란하거나, 자신감을 잃어버리거나, 약해질 때 다정함과 배려하는 마음을 접하게 되면 활기와 용기를 되찾을 수 있습니다.

본래, 마음의 상처는 스스로 고쳐야 할지도 모릅니다. 다만 조금 응원해주는 힘과 다가서는 마음이 존재하는 것으로 마음 든든해지거나, 아픈 상처가 옅어지거나, 치료가 빨라지기도 합니다.

누군가의 생각지도 못한 상냥한 태도나 따뜻한 미소, 슬쩍 건넨 말 한마디, 악수, 포옹으로 마음이 밝아진 일은 없었나요? 힘을 얻거나 용기를 얻은 적이 있지 않나요.

이와 마찬가지로 당신의 온화한 태도나 따뜻한 미소, 슬쩍 건네주는 한마디, 악수, 포옹이 누군가에게 힘을 주고, 용기를 북돋아 줍니다. 그것이 때로는 당신 자신도 알아차리지 못하는 곳에서 효력을 발휘할 수도 있습니다. 실제로 승객에게 스스럼없이 건넨 말 한마디로 감사 편지를 받는 일도 적지 않습니다. 그리고 승객들이 건네준 말과 웃는 얼굴에서 힘을 얻은 적도 많습니다. 대접을 해야 하는 우리들이 오히려 승객들에게 많은 것을 받기도 합니다.

언제나 당신을 보고 있는 사람이 있습니다.

당신을 생각하는 사람이 있습니다.

고치 ⟶ 하네다행

# 오빠의 편지

고치에서 하네다로 가는 마지막 비행기이라 그런지 비교적 빈자리가
많은 비행이었다.

서비스를 끝내고 기내를 둘러볼 때였다. 창가에 앉아있는 여자 승객
이 울고 있는 것이 보였다. 옆자리가 비어있어서 다행히 말을 걸 수가 있
었다.

"무슨 일이십니까?"라고 묻자 승객이 창문 쪽을 보면서 대답했다.

"아, 예. 너무 아름다워서. 승무원님도 보세요."

"실례하겠습니다."

자세를 낮추어 창문 밖을 바라보다가 할 말을 잃어버렸다. 구름바다

가 하늘 전체로 펼쳐져 있고 석양빛이 구름에 반사되어 붉은빛으로 반짝반짝 빛나고 있었다.

순식간에 행복하고 황홀하기까지 했다. 오랫동안 비행을 하고 있으면 구름바다의 아름다움도 '당연'하게 여겨지고, 보고 있어도 그 아름다움을 느끼지 못했던 사실을 깨달았다. 아름다운 것을 보면 그것에 감사하고 즐길 줄 아는 나이고 싶다, 감수성을 흐려지게 해서는 안 된다, 이런 생각을 하면서 승객과 함께 창밖을 바라보았다.

"조금 전에 눈물을 흘린 것은……."

승객이 잠시 눈물을 닦으며 이야기를 시작했다.

"오늘이 전사한 오빠 생일이랍니다. 부모님과 같이 사는 여동생 집에 놀러 갔더니, 오빠의 편지를 건네주더군요. 그것을 읽다 보니 눈물이 멈추질 않아서……."

그런 말을 하면서 가방 안에서 세월을 느낄 수 있는 종이에 먹으로 쓴 편지를 꺼내며

"이거에요. 괜찮다면 읽어봐요."

라고 말하며 내 손에 건네주었다. 갑작스러워 망설이고 있으니

"오래된 거지만 싫지 않다면"

하고 권하기에 옆에 앉아서 편지를 읽었다. 나라를 위해 전쟁에 참가하지 않으면 안 되고 어떻게 할 방법도 없는, 안타까움과 애절함이 담긴

편지였다.

내일 전쟁터로 떠나는 오빠 분이 부모님께 남긴 글이 거기에 있었다.

매우 정성스러운 글씨로 지금까지 한 번도 말해본 적도 없는 아들로서 부모님을 사랑하고 존경하는 마음, 그리고 오빠로서 여동생들을 걱정하는 배려하는 마음이 가득 담겨있었다.

오빠 분의 글이 너무 감동적이어서 가슴이 찡해졌고, 편지를 읽어내려갈수록 눈물이 흘러내렸다.

일하는 도중에 울다니, 정말 어처구니가 없었다. 프로로서 있어서는 안 되는 일이다. 절대 울지 않겠다고 가슴에 맹세하며 눈물이 흐르지 않게 고개를 뒤로 젖히기도 하고, 손등을 꼬집기도 하면서, 악착같이 참으며 읽어나갔다. 그런 모습을 본 승객은 걱정해주며 괜찮으냐고 부드럽게 말을 걸어주었다.

"예, 감사합니다."

그렇게 대답하는 것이 고작이었지만, 가까스로 눈물을 참고 마지막까지 읽었다.

"미안해요. 시대가 달라서 잘 이해할 수 없었죠. 실례가 많았어요."

"아니에요. 정말로 귀중한 편지를 읽게 해주셔서 감사합니다. 오빠 분의 글에 감격해서 그만…… 죄송해요."

더 이상 말이 나오지 않았다. 그만큼 오빠 분의 글은 내게 큰 충격을 주었다.

"다정도 하시지."

그렇게 말하며 승객은 눈물을 흘리는 내 손을 부드럽게 잡아주었다. 그분의 얼굴을 살며시 보니 눈물이 빛나고 있었다. 한 통의 편지로 인해 시대를 넘어 승객의 오빠 분과 만날 수 있었던 일을 잊지 않겠다.

〈★〉

전쟁터로 떠나는 분이 쓴 편지의 내용을 신문에서 읽은 적은 있지만 실제로 본 것은 처음이었습니다. 죽는다는 것을 알면서도 전쟁에 나가지 않으면 안 되었습니다.

소중한 사람들과 헤어져서……. 얼마나 괴로웠을까.

요즘은 대부분의 사람이 아무런 부족함이 없이 여유롭게 살 수 있는 시대입니다. 즐거운 일도 많을 것입니다. 힘든 일도 있을 것입니다.

지금, 당신이 그곳에 존재하는 것, 자신의 의지로 자유롭게 살아갈 수 있는 것은 너무 멋진 일입니다.

하지만 많은 분들이 그것을 깨닫지 못하고, 알고는 있지만 잊어버립니다.

소중한 사람을 아끼는 마음, 부모님을 존경하는 마음, 형제를 지키고 싶은 마음, 그리고 함께 살고 싶어 하는 마음을 잊어버리지 않았나요.


모든 것에는 눈으로 보이는 것과 보이지 않는 것이 있습니다. 눈앞에 있는 것, 보이는 것만이 당신에게 소중한 것은 아닐 것입니다. 눈에 보이지는 않지만, 눈앞에는 없지만, 소중한 것이 있지 않을까요?

지금 이 순간, 진정으로 우리에게 소중한 것은 무엇일까 잠시 생각해 보지 않겠습니까.

# 가방 손잡이

수화물 검사장에서 짐을 들어 올리려는 순간, 가방 손잡이 한쪽이 뚝 끊어져 버렸다. 직원이 험하게 다룬 것이 아니라 오래 사용해온 터라 안타깝게도 수명이 다한 것이었다. 가방을 감싸 안다시피 해서 비행기에 올라탔다. 자리에 앉아서 가방을 내려놓으려고 할 때였다.

"손님, 가방 어떻게 된 거예요?"

승무원이 물었다.

감싸 안고 들어온 것뿐인데 어떻게 알았던 걸까? 뛰어난 관찰력에 놀라 쓴웃음을 지으며 대답했다.

"아, 가방 손잡이가 끊어졌어요. 이제 수명이 다 되었나 봐요."

"많이 불편하시겠네요. 잠시 후 다시 들리겠습니다."

이륙 후, 기내 서비스가 한차례 끝났을 때,

"이대로는 불편하실 테니 응급처치를 해드려도 괜찮을까요?"

좀 전에 왔던 승무원이 바늘과 실을 가지고 와서 가방 손잡이를 기워주었다.

"어떻게 끊어진 걸 알았어요?"

"손님이 불편하게 들고 계셔서 알았습니다. 상당히 소중한 물건이 들어있는 걸까라고도 생각했지만, 혹시나 싶어서."

그냥 지나쳐버릴 수 있기도 한데 '뭔가 다르다'고 생각한 세심한 승무원의 배려에 감동했다. 승무원 덕에 편하게 가방을 들 수 있게 되었다.

"실은 이 가방, 낡았지만 제게는 소중한 추억이 깃든 물건입니다. 회사를 차려 처음으로 계약을 성사시켰을 때 갖고 있던 거였습니다. 큰 계약이 있을 때 부적 대신 들고 다닌 것이었습니다. 하하하…….."

내가 부탁한 것도 아닌데 훌륭한 처치를 해준 일이 너무 기뻐, 웃으며 추억담까지 말해주었다.

"멋진 걸요. 오늘 그런 가방과 만나서 저에게도 좋은 일이 생길 것 같아요. 고맙습니다."

승무원이 웃으며 말했다. 또 승무원은

"이건 만일을 대비해서 가지고 가세요."

라며 면세품용 가방으로 보이는 큰 비닐 가방 두 장을 포개어 건네주었다.

친절하게 대해주셔서 고맙습니다. 덕분에 이번 베이징에서도 계약을 무사히 끝낼 수가 있었습니다. 가방뿐만이 아니라 마음도 수선해 준 기분이었습니다.

★

"죄송하지만 이것 좀 부탁드립니다."라고 승객이 말을 걸기 전에 우리가 먼저 도움을 드리는 것이 프로의 일입니다. 부탁받은 것만 하고, 지시받은 것만 하는 것으로는 프로라고 말할 수 없습니다.

승객이 말하지 않는 것까지도 먼저 읽을 수 있는 힘이 필요합니다.

눈앞에 있는 상대방의 모습을 보는 것만이 아니라 상대가 원하는 세상을 보려고 하는, 그렇게 함으로써 상대의 마음을 볼 수 있습니다.

소중한 사람을 기쁘게 하고 웃게 하려면 도대체 어떻게 하면 좋을까요, 세심한 관찰력과 풍부한 상상력을 발휘해 보지 않겠습니까?

story
16

서울 → 나리타행
재빠른 행동


친구와 서울에 놀러 갔다 돌아오는 비행기에서 있었던 이야기이다.

이륙하고 15분 정도 지나 벨트 착용 사인이 꺼지고 얼마 지나지 않았다.

친구는 부족한 잠과 과로 때문이었는지 속이 좋지 않았다.

걱정되어 등을 쓸어주고 있는데 그 모습에 마음이 쓰였는지 승무원

한 명이 물었다.

"괜찮습니까? 무슨 일이십니까?"

친구는 고개를 숙인 채였고 상당히 속이 불편한 것 같았다.

"이쪽의 봉투를 사용하세요."

승무원이 앞주머니에서 봉투를 꺼내어 벌려준 바로 그 순간, 욱하고

이상한 소리를 내며 친구가 토하고 말았다.

그러나 승무원은 동요하지 않고 봉투를 받치고 있었지만, 워낙 갑작스러웠기 때문에 앞치마와 손이 더럽혀졌다. 그런데도 자신의 손수건을 꺼내 친구의 더러워진 볼까지 닦아 주는 것이었다. 정작 친구인 나는 갑작스럽고 당황스러워 아무것도 하지 못했다.

"괜찮을 거예요. 혹시라도 모르니까 그쪽 주머니 안에 새 봉투를 준비해 주세요."

승무원은 그렇게 말하고 재빨리 그 자리를 떠났다.

신속한 행동으로 친구도, 바닥도, 물론 나도 토사물로 더러워지지는 않았다. 다른 승무원도 달려와서 뒤처리를 해주었다. 게다가 등을 쓸어주기도 하고, 물로 입을 헹구게 하는 등, 정성스럽게 친구를 간호해 주었다. 덕분에 친구도 상태가 많이 안정되었다. 잠시 후에 조금 전의 승무원이 돌아와서 부드럽게 말을 걸어주었다.

"괜찮아요? 기분은 어떠세요? 조금 편해졌나요?"

"더러워졌는데도 재빠르게 손을 내밀다니 대단하네요."

"손도 앞치마도 씻어서 괜찮아요. 신경 쓰지 마세요."

나는 승무원의 막힘없는 대답에 더욱 놀랐다.

그 후에도 몇 번이나 친구의 상태를 걱정하며 와주었다.

구름 위에서 멋진 '간호사'를 만났던 일을 잊지 않을 것이다.

〈★〉

승무원이라고 하면 화려한 이미지, 깔끔한 일을 한다는 인식을 많이 가지고 있습니다. 그러나 실제로는 시차에 시달리면서 한밤중에 일하거나, 남들에게 보이는 깔끔한 일만이 아니라, 이처럼 토사물 처리를 하는 일도 있고, 화장실을 청소하고, 쓰레기를 처리하기도 하고, 실로 다양합니다. 기내 조리실에서는 와인과 샴페인이 가득 든 무거운 선반을 몇 번이나 들어 올리기도 하고, 흔들거리는 무거운 카트를 밀며 웃으며 식사와 음료 서비스를 하기 위해 부지런히 움직입니다. 누구나 남들에게는 보이지 않는, 고달픈 면이 있을 것입니다.

같은 일만 계속해서 반복하거나, 평범하거나, 하고 싶지 않은 지저분한 업무도 있습니다. 그러나 일로써 받아들인 이상, 사명감으로 임하면 싫다는 생각은 줄어들 것입니다. 직업에 귀천은 없으며, 직접 누군가에게 고맙다는 인사를 받지 못한다고 해도 소중하고 누군가에게 필요로 한 일입니다.

어떤 일이라도 보람과 가치가 있습니다.

당신이 하는 일을 응원합니다.

나하 출발 비행기

# Good-bye wave

'출발 전 비행기에 손을 흔드는 라인 정비사의 모습. 지금이야 정비사가 손을 흔들며 승객을 배웅하는 광경은 당연한 것이 되었지만, 원래는 ANA항공 정비사 한 사람이 '승객을 위한 마음'에서 시작된 것을 알고 계십니까?

그 일은 보잉 737편기가 날기 시작한 지 얼마 안 된 1973년경의 이야기이다.

그 당시에는, 라인 정비사 (비행기가 도착해서 다음에 출발하기까지 여러 가지 체크를 하고 비행기 안전을 확인하며 승인하는 사람 -저자 주)는 비행기가 자체의 동력으로 움직이면 자신의 업무는 다 끝났다 여기며 곧장 사무실로 돌아와

버리는 일이 대부분이었다. 가끔 파일럿에게 잘 다녀오라고 손을 흔들며 배웅하는 사람도 있었지만 출발하는 비행기에 손을 흔드는 정비사는 없었다.

그런 어느 날의 일이었다.

오키나와 공항지점 정비과에 소속된 K는 선배 정비사 M이 항상 출발하는 비행기를 향해 마지막까지 손을 흔들고 있는 모습을 보았다.

그래서 M에게 물어보았다.

"선배님은 왜 항상 출발하는 비행기에 손을 흔드는 건가요?"

그러자 M은 다음과 같이 대답했다.

"어, 그거? 그건, 사실 난 원래 오키나와 출신이거든. 그래서 승객이 이렇게 먼 오키나와까지 비싼 돈을 내고 푸른 바다와 빛나는 태양을 즐기러 와준 것이 고맙고, 햇볕에 새카맣게 태우고 돌아가는 모습을 보면 '잘 오셨네요. 오신 보람이 있으시군요.'라는 생각이 들어 기분이 좋아. 하지만 태풍이나 비가 오는 날씨가 이어져서 새하얀 피부 그대로 돌아가는 승객을 보면 죄송해서 '꼭 다시 한 번, 멋진 오키나와를 보러 와주세요.'라는 마음에서지.

또한 즐거운 시간을 보낸 분들은 물론, 약간 아쉬움이 남는 여행을 한 분에게도 오키나와에 와서 좋았다고, 즐거운 추억이 되었다고 생각해

주었으면 하고. 그 마음을 전해주고 싶어서 손을 흔들었던 거야. 가끔 기내에 있는 승객이 답례로 손을 흔들어주는 모습을 보면 무척 뿌듯해. 우리들이 정비한 비행기에 타고 있는 승객이 손을 흔들어 준다니 행복하지 않아?"

M의 이야기에 감동한 K는 이때부터 선배 M과 같은 마음으로 손을 흔들며 배웅하게 되었다.

그 후, 이러한 배웅은 오키나와 공항지점 정비과뿐만 아니고 전국으로 점차 퍼져나갔다. 그리고 어느새 'Good-bye Wave'로 부르게 되었고 전 세계 공항에서 자연스러운 광경이 되었다.

실은 'Good-bye Wave'의 방법이, 규정과 매뉴얼에서는 일절 정해지지 않았다. 자세히 보면 알 수 있겠지만, 정비사들이 손을 흔드는 방법은 저마다 다르다. 하지만 승객을 생각하는 마음은 모두 같다.

'이번 여행도 안전하고 즐겁게 보내시기 바랍니다. 잘 다녀오세요.'

그런 마음을 담아 오늘도 변함없이 정비사들은 손을 흔들고 있을 것이다.

★

푹푹 찌는 날도, 추운 겨울날도 설령 태풍이 부는 날이라고 해도, 자세를 바르게 하고 손을 쉴 새 없이 흔드는 정비사들.
우리들 객실 승무원도 그 모습을 창문으로 보고 있습니다.

"우리들이 마음을 담아 정비한 비행기입니다. 부디 안심하고 일 해주세요. 그리고 우리들 몫까지 승객이 쾌적하게 보낼 수 있도록 서비스를 해주세요. 우리들 마음을 맡깁니다."

그런 그들의 열정 어린 목소리가 언제나 들려옵니다. 그 마음과 격려에 '오늘도 열심히 해야지.' 하고 다짐합니다.
실은 손을 흔드는 것은 정비사만이 아닙니다. 기내에서 청소를 담당하는 직원들이 한 줄로 서서 배웅하고 있는 공항도 있습니다.
지금이야 일상적으로 볼 수 있는 평범한 광경이지만 매번 손을 흔드는 모습에 가슴이 뭉클해집니다.

"감사합니다. 무사히 다녀오겠습니다. 저희에게 맡겨주세요."

답례로 손을 흔들어 주며 바통을 단단히 받아들고 우리 승무원은 하늘로 날아오릅니다.
규정과 매뉴얼에도 적혀있지 않은, 정비사 한 사람이 시작한 작은 행동이 많은 사람들의 공감을 얻어 전 세계로 퍼져나갔습니다.

강제적으로 시킨 것도 아니고 개개인이 각자의 뜻에 따라 그 행렬에 참가하게 되었습니다. 무척 훌륭한 일이라고 생각합니다. 모두가 같은 마음을 갖고 있기 때문에 가능한 행동입니다.

그러므로 Good-bye wave가 변함없이 이어지고 있는 것입니다.

ANA에서는 '느낌'을 소중하게 여깁니다. 스스로 느끼고, 생각하고, 행동합니다.

그것은 승객들에게 진심 어린 서비스로 다가가게 됩니다.

# 특별 서비스

3개월에 한 번 정도로 LA 편 비즈니스석을 이용하고 있다.

기내에서는 밥을 먹는 것보다 피곤한 몸을 쉬게 하는 것을 우선으로 하고 되도록 자려고 한다. 식전주(食前酒)에서 식후주(食後酒)까지 시간을 들여 느긋하게 풀코스 서비스를 받으면서 비행을 즐기는 때도 있지만, 지금은 몸도 마음도 느긋하게 쉴 수 있는 편안한 시간을 보내고 싶다.

'조용히 푹 자게 해줘. 그것만으로 충분하니까.'

관찰력이 예리한 승무원들에게는 내버려두라는 사인이 바로 통할 것이다. 그 덕분에 언제나 쾌적하게 보내고 있다. 지난번 비행에서는 특히 감동적인 일이 있어 편지를 보냈다.

여느 때처럼 이륙 후, 곧바로 잠이 들었다. 4시간 정도 지났을 때였으리라. 얼핏 눈을 뜨자 창문 블라인드는 내려져 있고, 기내 불빛도 꺼져있고 주위는 완전히 깜깜했다. '푹 잘 잤다. 목이 마르네.'라고 생각한 순간,

"일어나셨네요. 뭔가 마실 거라도 드릴까요?"

실로 적절한 순간에 승무원이 물어보았다. 어둠에서 눈을 떴는데 용케도 알아차려서 감탄했다.

"블러드 메리(보드카를 기본으로 하는, 토마토 주스를 사용한 칵테일 -저자 주)로 부탁합니다."

"알겠습니다. 블러드 메리로 준비해서 올 테니 잠시 기다려주세요."

하며 승무원은 떠났다. 옆에 앉아있는 승객은 영화를 열심히 보고 있는 듯했다. 주위를 둘러보니 승객 대부분이 자고 있었다.

잠시 후, 조금 전 승무원이 제법 차가워진 블러드 메리와 안주를 갖다 주었다. '뭔가 좋은 향기가 난다.'고 생각하면서 잔을 잡으려고 테이블을 보다 놀랐다. 일반 봉지에 들어있는 안주가 아닌, 구운 아몬드, 땅콩이 도자기 접시에 예쁘게 담겨있었다. 좋은 향기가 나는 구운 땅콩이었다.

"땅콩을 싫어하지는 않습니까?"

"아뇨, 괜찮습니다."

그렇게 말하며 입안으로 들어간 땅콩은 고소했고, 약간 우아해진 기분마저 들었다. 늘 마시는 블러드 메리도 특별한 느낌이었다.

"천천히 드세요. 식사도 적당한 때를 봐서 갖다 드리겠습니다."

그렇게 말하고 승무원은, 옆자리에 앉은 사람에게도 마실 것을 권하며 나에게 했듯이 고소한 땅콩도 같이 가져왔다. 그 모습은 가족과 같은 따뜻함을 느끼게 해주었다. 승무원은 일 자체를 즐기고 있는 듯 보였다. 차가운 것은 차갑게, 따뜻한 것은 따뜻하게, 당연한 일이지만 잠깐 시간을 들인 호의에 감동했다. 매뉴얼에서 벗어난 특별 서비스에 즐거움이 가득 찬 비행이었다.

★

ANA에서는 획일적인 서비스를 실천하는 것만이 아니고 매뉴얼을 벗어난 서비스도 시의적절하게 하는 것을 권장하고 있습니다.

승객들이 좀 더 편안하고 즐겁기를 바라는 마음에서 서비스한 것이라면 개인의 판단으로 대응해도 좋습니다. 매뉴얼에서 벗어난 서비스가 설령 훌륭하다 해도 권할 수는 없다고 생각하는 회사도 많을 것입니다.

물론 각각의 생각이 있고 신념이 있습니다. 그러나 생각을 조금만 다르게 하면 새로운 면이 보입니다.

작은 것에서 시작되는 최상의 서비스 정신.

그리고 항상 최고를 목표로 하기 위한 궁리. 그런 즐기는 마음과 작은 용기가 일을 즐겁게 하는 계기가 되는 것입니다. 즐기는 것은 최고의 경지라고 합니다.

'아는 사람은 좋아하는 사람을 당하지 못하고, 좋아하는 사람은 즐기는 사람을 당하지 못한다.'

《논어》에 있는 말입니다. 열심히 하는 것만이 아니라 일을 즐기는 경지에서 일을 한다면 그 모습은 사람의 마음을 움직일 수 있습니다.

일을 즐기고 인생을 즐기며 활기차게 살아간다면 그것보다 좋은 것은 없습니다.

오사카 ──→ 하네다행

# 보이지 않을 때까지

탑승구에서 출발 비행기를 기다리고 있었을 때였다.

그 날은 상당히 일찍 공항에 도착했기 때문에 탑승구에서 여유롭게 비행기를 바라보면서 시간을 보낼 수 있었다.

우리들이 탈 것으로 보이는 비행기가 스폿(주기장, 비행기를 세워두는 장소 -저자 주)으로 들어서서 탑승객들이 서서히 내려오는 모습을 무심코 바라보고 있었다.

승객 대부분이 내려왔으리라고 생각한 때였다. 마지막인 듯한 승객과 승무원이 즐겁게 이야기하면서 걸어오고 있었다. 승무원은 항상 기내까지만 배웅한다고 생각했는데 이상한 느낌이 들어 슬며시 보고 있었다.

"손님, 오래 기다리셨습니다. 오늘 저희 비행기에 탑승해 주셔서 고맙습니다. 다시 만날 수 있기를 기대하고 있겠습니다."

승무원이 생긋 웃으며 작별의 말을 건네고 머리를 깊이 숙여 인사를 했다.

"고맙습니다."

그 승객은 가볍게 인사를 하며 걸어갔다.

승무원이 탑승구까지 배웅하는 것도 놀라웠지만, 무엇보다 멋지다고 생각한 것은, 그 승무원이 45도로 깍듯하게 인사를 하며 한참 동안 고개를 들지 않는 것이었다. 배웅 받는 사람은 뒤돌아보지도 않고 그대로 모퉁이를 돌고 있었다.

승객 모습이 완전히 보이지 않자 그때야 승무원은 고개를 들었다. 그 모습이 너무나 놀라워서 강한 인상으로 남았다.

승무원의 모습을 보고 있는 사람은 나만이 아니었다. 비행기 출발을 기다리는 많은 승객들이 바라보고 있었다.

서비스가 철저한 이런 비행기에 빨리 타고 싶다. 그런 즐거운 기분을 느끼게 해준 한 장면이었다.

《★》

이 분이 본 것은 마지막까지 좀처럼 내리지 못하고 기다리신 한 승객에게 죄송한 마음에서 시작한 배웅 서비스입니다.

그분만이 아니라 다음 출발하는 승객까지도 알아봐 주셨다니, 오히려 진심으로 감사의 마음을 전하고 싶습니다.

서비스가 좋고 나쁨은 자신이 받은 것만이 아니라 다른 사람이 받는 서비스를 보고 느끼기도 합니다. '저런 서비스를 받고 싶다, 다음번에 가봐야지.' 그렇게 생각한 적은 없었나요?

이것은 사람과 사람과의 관계도 마찬가지입니다. '이렇게 소중하게 대해주는 사람과 만나고 싶다.'는 생각이 들 것입니다.

다도에 통달한 이이 나오스케(井伊直弼)가 한 말에 '독좌관념(獨座觀念)'이라는 것이 있습니다. 다도를 베푸는 자리가 끝나고 주인과 손님이 헤어지기 아쉬운 작별인사를 마치면 주인은 손님의 모습이 보이지 않을 때까지 조용히 배웅하는 것. 손님이 돌아갔다고 해서 바로 안에 들어가 문을 닫고 정리를 서둘러서는 안 됩니다. 차분하게 차실로 돌아와서 남은 물로 차를 한 잔 마신 후, 휴식을 취하면서 손님 생각을 한다는 의미입니다.

지금까지 함께 했던 분을 생각하는 것으로 보이지 않는 것이 보이기도 하고, 몰랐던 것을 알게 되기도 하고, 함께 있을 때보다도 충실한 시간을 보냅니다.

조금만 시간을 멈추어 상대방에게 마음을 다하길 바랍니다. 상대와 함께한 시간을 소중하게 생각합니다. 스피드가 요구되는 시대이기에 우리들은 더욱 이런 마음의 여유가, 시간이 멈추어 있는 듯한 깊은 사유가 필요한 것은 아닐까요.

하네다 ⟶ 미야자키행

# 괜찮습니다

회사 동료들과 미야자키에 골프를 치러 갔을 때이다.

일찍 공항에 도착한 우리들은, 아침부터 맥주로 건배한 후에 비행기에 올라탔다. 이륙하고 때마침 후지산이 예쁘게 보일 때였으리라.

갑자기 동료 한 사람이 통로에서 쓰러졌다. 경련을 일으켰던 것이다. 너무 갑작스러움에 놀라서 허둥대고 있는데, 바로 뒤쪽 조리실에 있던 승무원이 알아차렸다.

"간질인 것 같습니다."

승무원은 재빨리 그의 옷을 느슨하게 해서 똑바로 누이고, 목 밑에 모포로 만든 베개를 넣어주었다. 그리고 머리를 조금 젖혀서 안정을 시켜

119

주었다. 그 사이에도 나의 동료는 몸을 떨면서 가누질 못했다.

"괜찮아?"

내가 그의 몸을 흔들려고 하자 승무원이 말렸다.

"흔들지 마세요. 움직이면 안 됩니다. 안정이 제일입니다."

"침착하세요. 괜찮습니다."

승무원은 침착하게 내 눈을 보고 말했다.

이 '괜찮다.'라는 믿음직스러운 한마디에 패닉상태인 나와 동료들은 조금씩 침착함을 되찾을 수 있었다.

승무원이 이렇게 응급처치를 해 주고 있는 사이에 다른 승무원이 긴급 안내 방송을 하고 있었다.

"응급 환자가 발생했습니다. 죄송하지만 의사분이나 의료 관계자분, 안 계십니까?"

방송이 끝나고 잠시 후, 의사 한 분이 나서서 치료를 해주었다. 몇 분후, 동료의 경련이 멎었고 상태도 호전되었다. 그제야 모두 한시름을 놓았다.

갑작스러운 상황에서 보여준 승무원들의 냉정하고 침착한 행동에 진심으로 머리가 숙여졌다. 나중에 들은 이야기지만 응급처치를 해준 승무원은 구급 간호사 자격증을 가지고 있었다고 한다. 게다가 많은 승무

원들이 이 같은 사태에 대비해서 응급처치 요령을 습득하고 있다는 사
실을 알았다. 이번에 정말로 신세를 많이 졌다.

★

보통 승무원의 일이라는 것은 서비스 요원으로서 역할이 도드라지겠지만, 원래는 비상시 안전요원입니다.

긴급 사태가 생기면 충격 방지 자세(머리를 무릎 사이에 넣는 등, 비상시 충격에 몸을 보호하기 위해서 취하는 자세 -저자 주)를 지도하고, 탈출할 때는 상당히 큰 소리로 "벨트를 풀고 이쪽으로. 짐을 놔두고!"라고 유도를 하며 명령하지 않으면 안 됩니다.

응급환자가 생기면 우선 우리들이 대처합니다. 때로는 생명과 직결되는 촌각을 다투는 상황도 있습니다. 그때를 대비해서 필요한 지식은 익혀두어야 하고 응급상황시 대처요령도 철저하게 숙지하는 것이 필요합니다. 우리들이 배운 것이 조금이라도 도움이 된다면 할 수 있는 모든 것에 최선을 다하고 싶습니다.

소중하게 생각하는 마음, 양보할 수 없는 마음이 있기에 노력하는 것입니다.

# 조언

괌 편에 걸맞게 신혼부부들이 많은 비행이다.

식사할 때를 제외하고는 내내 손을 잡고 있는 커플과 줄곧 껌딱지처럼 바싹 붙어 앉아 있는 커플. 그저 바라보고 흐뭇해 하는 커플도 있다. 보고 있는 우리들도 민망해질 정도로 뜨거운 사랑 표현에, 객실 내부의 온도도 평소보다 높아진다. 그런 중에 아무 말도 하지 않고 냉랭한 분위기가 감도는 커플 한 쌍이 있었다. 왠지 싸움을 한 것 같기도 했다. 서로 눈을 맞추지 않고 말도 안 하고 표정도 어두웠다. 그 좌석 주위만 냉랭한 공기가 맴돌고 있었다. 식사 서비스가 끝나고 객실을 한차례 돌고 있을 때 침묵하고 있던 커플이 티격태격하는 소리가 들려왔다.

다툼의 이유는 남편이 내일까지 휴가였는데 급하게 일이 생겨서 출근하게 되었다는 것이다. 게다가 괌에 머물렀을 때도 일과 관계된 전화가 많았고 마음 편히 신혼여행을 즐길 수 없어 아내의 불만이 쌓여버린 것 같았다.

"일 때문이라 어쩔 수 없잖아, 이해해주면 안 될까?"

남편은 약간 안절부절못하는 분위기였다.

"신혼여행 내내 이러면 앞으로도 뻔해."

아내도 지지 않았다. 그리고 서로 등을 휙 돌려버렸다. 그대로 내버려두어도 시간이 지나면 사이가 좋아질 것이다. 부부싸움은 칼로 물 베기라고 하지 않던가. 하지만 가장 달콤해야 할 신혼여행인데. 어떻게 해서든 멋진 추억이 남는 여행이 되길, 두 사람 모두 웃으며 내리기를 바라는 마음에 뭔가 방법이 없을까 생각했다. 나리타에 도착하기까지 남은 시간은 한 시간 반 정도였다. 시간은 그다지 많지 않다. 그래서 조금 참견하는 것 같지만 말을 걸어보기로 했다.

"실례합니다. 죄송하지만, 실은 조금 전에 두 분이 하는 이야기를 듣게 되었습니다. 혹 괜찮으시다면 잠시 한 말씀 드려도 될까요?"

다행히 두 사람 모두 허락해 주었다.

"제 결혼 파티에서 상사가 축하 인사로 말씀해 주신 것인데, 지금도 남편과 부부싸움을 하게 될 때면 생각나는 이야기가 있습니다. 우선 비행기를 연상해 보시겠습니까? 넓은 하늘을 날고 있는 비행기입니다. 그 비행기는 바로 남편분입니다. 밖에 나와서 비행을 하고 있으면 상처를 입는 일도 적지 않습니다. 눈에 보일 정도로 큰 상처가 생겨 버리는 일도 있고, 눈에는 보이지 않는 마음의 상처를 입는 일도 있겠지요. 이러한 크고 작은 상처를 입고 집으로 돌아옵니다.

마치 비행기가 날아서 정비공장으로 돌아오듯이.

비행을 마치고 돌아온 비행기는 정비사들에게 충분한 점검을 받고 다시 힘차게 날 수 있게 됩니다. 지금, 우리들이 이렇게 무사히 날 수 있는 것도 정비사들 덕분입니다. 정비소는 가정이고 아내분은 정비사입니다. 남편이 상처를 입고 돌아오면 진심으로 위로해 줍니다. 눈에 보이는 상처도, 눈에 보이지 않는 상처도, 슬며시 낫게 해줍니다. 아내분에게 몸도 마음도 치료받은 덕분에 다음 날, 또다시 넓은 하늘을 날 수가 있습니다. 남편을 치료할 수 있는 사람은 아내분, 당신뿐입니다.

힘든 일도, 생각대로 되지 않는 일도 있겠지요. 비행기가 약간 난기류에 휩쓸려 흔들리는 것과 마찬가지입니다. 하지만 언젠가는 흔들림이 멈추고 안정비행으로 돌아옵니다. 마음이 불안정하게 되면 흔들림은 더욱 커져 버리기 때문에 가만히 놔두고 저절로 흔들림이 멈추기를 느긋하게 기다리는 것이 좋습니다."

두 사람에게 시선을 돌리자 여자 승객의 눈에 눈물이 비쳤다. 그런 아

내의 손을 남편이 꼭 쥐고 있었다. '참견일지도 모르지만 그래도 말을 걸길 잘했다.'

두 사람의 모습을 보고 그렇게 생각했다.

★

ANA에서는 '참견 문화'라는 것이 있습니다.

'참견'이라는 말을 들으면 필요 없는 도움, 쓸데없는 도움처럼 마이너스 이미지가 강할지도 모르지만 우리들의 참견은 조금 다릅니다. '이 정도로 됐어.'라고 생각하지 않고 '좀 더 뭔가 할 수 있는 것은 없을까?' 잠시 골똘히 생각해 보는 것, 그것이 "ANA식의 참견"입니다.

물론 승객 아무에게나 참견을 하는 것은 아닙니다. 내버려 두라는 사인을 보내는 분에게는 하지 않습니다. 단지 대부분의 사람들이 말을 걸어주면 싫어하지는 않습니다.

예를 들면 음료수 잔을 회수할 때.

"실례합니다."며 컵을 가져가기만 하는 것도 문제 될 것은 없습니다. 하지만 어쩌면 승객은 '한 잔 더 마시고 싶다'고 생각할지도 모릅니다. 그런 승객들 마음에 있는 소리를 듣고 "더 드릴까요?" "뭐 다른 것을 갖다 드릴까요?" 등등. 또 다른 서비스를 유도하는 말을 건넵니다.

승객을 기쁘게 해드리기 위해 말을 걸 때에는 우선 승객의 모습을 제대로 파악한 다음, 행동하지 않으면 안 됩니다. 그래서 우리들은 항상 다음 사항을 마음에 새깁니다.

항상 승객들 마음의 소리를 듣습니다.

승객의 기분을 살핍니다.

필요한 것을 먼저 알아서 대응합니다.

기대 이상의 것을 합니다.
기쁨의 서프라이즈를 제공합니다.
그리고 최고의 기쁨을 함께 만듭니다.

이것이 ANA의 DNA이기도 합니다. (나는 이것을 '고결한 피가 흐르고 있다'라고 표현합니다.)
사람과 사람의 인연이 희박해지는 현대사회, 상대를 기쁘게 하기 위한 참견을 조금만
시도해 보지 않겠습니까.

하네다 → 다카마쓰행

# 따스한 손의 온기

지난번, 다카마쓰로 가는 비행기에 탔을 때이다.

전날부터 한기가 들어 몸 상태가 줄곧 좋지 않았다. 그날도 두통이 심했고 으슬으슬 추웠으며 목도 아팠다. 금방이라도 눕고 싶은 마음을 누르고 공항까지 그럭저럭 오긴 했는데 더 이상 견디기가 힘들었다. 다행히도 옆자리가 비어있어서 이륙하자마자 옆으로 쓰러진 듯이 누워 있었다. 그런 모습을 보고 재빨리 승무원이 모포로 베개를 만들어주기도 하고 음료 서비스가 시작되기 전에 따뜻한 홍차를 갖다 주기도 하는 등 마음을 써주었다. 그 뒤로도,

"뭐든 말씀해 주세요. 곧 돌아올 테니까요."

친절하게 몸 상태에 대해 묻기도 하고, 기침이 가라앉게 사탕과 시원한 물을 갖고 오기도 했다. 덕분에 마음이 편안해진 나는 그 사이 잠들어 버렸다. 한참 후에 눈을 떴더니 창문 블라인드가 내려져 있고 몸에 담요가 덮여 있었다. 천천히 몸을 일으키자,

"건강은 어떠십니까? 뭔가 필요한 것은 없습니까?"

가까운 곳에 있던 승무원이 다가왔다. 두통 때문인지 목에서 어깨까지 너무 아파 파스가 있는지 물어보았다.

"공교롭게도 기내에는 없지만 제 것이라도 괜찮다면 갖다 드리겠습니다. 민감성 피부는 아닌가요?"

승무원은 자신의 파스를 갖고 와서 어깨에 붙여주었다. 게다가

"어깨를 주물러 드릴까요?"

어깨까지 마사지해 주었다.

파스와 그 승무원의 손길 덕분에 상당히 편해졌다.

"이젠 괜찮습니다. 힘들게만 해드렸네요. 감사합니다."

몇 번이나 감사의 말을 전했다. 그 따뜻한 배려에 마음도 위로받았다. 도착하기까지 한 번도 아니고 몇 번이나 "빨리 좋아지면 좋겠네요. 조심하세요."라고 말을 걸어주었다. 몸과 마음이 약해진 나에게는 무척 고맙고 또 고마웠다. 그 따스한 손길이 지금까지도 남아있는 듯하다.

〈★〉

상처나 병을 (치료하는 것을) 일본어로 데아테한다고 합니다. 말 그대로 손을 대는 것만으로 배가 아픈 것이 낫거나 두통이 나아지거나 하는 일이 있습니다. 울고 있는 아이 머리를 '옳지, 옳지 착하다.' 하고 쓰다듬어주면 자연히 울음을 그치고, 기운이 없는 사람의 어깨를 감싸주는 것만으로도 힘을 되찾기도 합니다.

정감있는 손길로 그 사람의 마음, 상대를 걱정하는 따뜻한 마음과 '빨리 나았으면 좋겠다. 건강해라.'라는 마음이 전해질 것입니다.

손의 온기에는 신비한 힘이 숨어있습니다. 전하고 싶은 생각과 마음이 있는데도 도저히 전할 수 없을 때는 소중한 사람의 어깨에 살포시 손을 얹어 보면 어떨까요.

조종실에서
# 기장님의 신념


"손님 여러분, 오늘 저희 ANA○편 △△행을 이용해주셔서 감사합니다. 당 비행기 기장○○입니다. 벨트 착용 사인은 꺼졌지만, 비행 중에는 흔들릴 수가 있습니다. 용무가 없으신 분은 그대로 벨트를 매어주십시오. 아무쪼록 쾌적한 비행을 즐기시길 바랍니다."

비행기를 타보셨던 분들이라면 이 안내 방송을 들어본 적이 있을 것이다. 이륙해서 안정비행에 들어가면 대부분 비행기에서 기장이 승객들에게 방송을 한다. 그러나 안내 방송 스타일은 실로 다양하다.

칠월 칠석에는 '승객들의 소망이 이루어지기를', 크리스마스에는 '최고의 선물이 전해지기를', 연말에는 '행복한 한 해를 보내십시오.' 등등

계절을 느끼게 해주는 말을 넣어서 인정이 넘치는 방송으로 승객을 가슴 뭉클하게 만드는 기장도 있다.

수학여행 가는 학생과 단체 승객이 탔을 때에는 학교 이름과 단체의 이름을 불러주거나 고교 야구 등의 스포츠 대회 결승일과 겹친 날에는 결과 보고를 해주기도 하는 서비스 정신이 투철한 기장도 있다. "기장님의 방송을 기대하고 있습니다."라는 이야기를 승객들에게 듣는 일도 많다.

ANA에서는 승객에게 CS(고객 만족 -옮긴이 주) 활동의 일환으로 방송을 권장하고 있지만, 방송의 여부는 개인에게 맡기고 있다. 그 때문에 방송이 매우 짧은 분도 있는가 하면, 전혀 안 하시는 분도 있고, 영어로 유머를 사용해서 "오늘 비행은 스타투어(디즈니 파크에 있는 비행 시뮬레이터형식 -옮긴이 주)만큼 흔들리지 않으니 안심하시기 바랍니다."라고 방송을 하지만, 일본어 방송은 너무 평범하다. 또 특별한 것은 아무것도 이야기하지 않는 분도 있다. 예전에 이 기장님에게 이렇게 물은 적이 있다.

"○○기장님은 왜 항상 담담한 방송을 하시나요?"

그러자 기장은 이렇게 대답했다.

"기장 목소리에 익숙하게 하고 놀라지 않게 하기 위한 방송이라서 그래요."

기장의 본래 사명은 안전하게 정확한 시간에 쾌적한 비행으로 승객을 목적지까지 모셔다드리는 것이다. 그래서 조종에 집중하고 싶다. 그러나 만일 긴급 사태가 일어나지 않는다는 보장도 없다. 긴급 탈출을 하게 된다면 '탈출'이라고 기장이 지시를 내리기 때문에 승객들은 미리 기장의 목소리를 알아두는 편이 좋다.

긴급 사태라도 발생하게 되면 사람들은 모두 냉정함을 잃는다. 익숙한 승무원의 목소리, 다시 말해 여자 승무원의 목소리만 듣고 있다가 갑자기 생소한 남자 목소리가 들리게 되면 오히려 예사로운 일이 아니라고 당황하기 쉽다.

하지만 한 번이라도 목소리를 들어두면 '기장의 목소리이구나.' 한다. 그 때문에 방송을 하는 것이라고 하셨다.

'과연 프로답다'고 생각했다. 자신의 역할에 충실한 행동이다. '기장의 신념'은 승객의 생명을 가장 소중하게 생각하기 때문이다.

이러한 생각을 가진 사람이 있기에 비행기는 오늘도 전 세계의 하늘을 안전하게 날고 있는 것이다.

〈★〉

"벚꽃 잎이 당신의 잔에 떨어지기를…." 등 로맨틱한 방송을 함으로써 승객들이 기분 좋게 여행하기를 바라는 것도, 유머감도 부족하고 다소 세련되지 못한 방송이지만 무슨 일이 생겼을 때를 대비해 미리 준비해 놓는 것도 모두 승객에 대한 사랑이 있기 때문입니다.

그런 기장의 마음이 담긴 방송에 귀를 기울여보지 않겠습니까.

오사카 ⟶ 치토세행

# 손수 만든 지도

우리 가족은 여행을 좋아해서 해마다 국내의 여러 곳으로 여행을 떠난다.

단체 여행이 아닌 각자 계획에 따라 움직이는 자유 배낭여행이다. 비행기와 호텔만 예약해 놓고 나머지는 그때그때 결정하는 여유로운 여행이다.

이번에는 나의 정년 퇴임 축하를 겸해서 오타루, 하코다테로 가족여행을 계획했다. 그래서 삿포로에서 오타루까지 가는 교통수단을 알아보려고 승무원에게 시간표를 부탁했다.

"예. 시간표 말씀이시군요. 알겠습니다. 금방 갖다 드리겠습니다."

말을 마치자마자 바로 가지고 왔다. 그것뿐만이 아니었다.

"괜찮으시다면 사용하세요."

메모지와 펜까지 준비해 줘서, 역시 승무원답다고 생각했다.

이것저것 알아본 뒤에 이제 슬슬 받은 것들을 돌려주려고 하는데 마침 조금 전 그 승무원이 말을 걸어왔다.

"여행 오셨나요? 괜찮다면 여기 시간표에도 주요 공항에서 전철로 갈아타는 곳이 나와 있으니까 갖고 가세요."

승무원이 새 시간표를 주는 것은 물론

"오타루는 처음이신가요? 만약 실례가 안 된다면 추천할 만한 식당을 알려드릴까요?"

친절하게 여러 가지를 알려주었다. 여행의 즐거움이라면 역시 먹는 것을 빼놓을 수 없다. 하지만 잡지에 실린 곳은 대개 혼잡하고, 기사를 읽고 기대하고 가보면 사실과 달라 실망하는 경우도 적지 않다. 그래서 항상 맛있는 식당을 선택하는 문제가 머리를 아프게 한다. 가본 적이 있는 사람의 정보라면 믿을 수 있고, 더군다나 여행에 익숙한 승무원이 준 정보라면 더욱 안심이다. 들뜬 마음으로 메모를 받았다. 좋은 정보에 기분이 좋아진 나는 정년 퇴임한 것, 해마다 ANA항공을 이용해서 여행하는 것들을 이야기하며 즐거운 한 때를 보냈다. 그리고 조금 시간이 지났을까.

"괜찮다면 이것도 가져가세요."

놀랍게도 승무원이 직접 그린, 오타루 지도를 갖고 온 것이다. 추천 관광 명소, 식당 주소와 전화번호, 그리고 추천 메뉴까지 적어놓았다. 지도 빈 공간에는 우리 가족을 닮은 다섯 명의 얼굴이 방긋 웃고 있었다. 그 옆에는 '오랫동안 수고하셨습니다. 즐거운 여행이 되시길'이라는 말을 덧붙여 놓았다.

"고맙습니다."

왠지 이번 여행은 더욱 즐겁고 행복할 것 같은 느낌이다.

그리고 다음 여행도 당연히 ANA를 이용하리라 마음먹었다.

★

다도의 목적은 손님에게 한 잔의 차를 달여 내고 '맛있다.'고 느끼는 것, 이것으로 충분하다고 생각합니다.

계절감을 느끼게 하는 다도 그릇의 배합과 요리, 도코노마(객실 다다미방 정면을 한층 높여 만든 곳. 벽에는 족자를 걸고, 바닥에는 도자기 꽃병을 장식함 -옮긴이 주)에 꽃꽂이 장식까지 손님을 생각하며 정성을 다해 차를 달여 냅니다.

"훌륭한 솜씨군요." "한 잔 더 마시고 싶다"며 상대가 즐거워하는 모습을 보는 것이 최고의 기쁨입니다.

지도를 건넸을 때 승객의 웃는 모습은 지금도 마음속에 남아 있습니다. 그전까지는 왠지 모르게 외로운 표정을 짓고 있었습니다. 가족여행으로 분명히 즐거울 텐데, 가끔 불안한 표정을 하는 것이 쭉 신경이 쓰였습니다. 지금 생각해보면 정년을 맞아, 앞으로의 인생에 대한 불안감을 느끼고 계셨을지도 모르겠습니다. 승객이 진심으로 즐겁게 웃어주시는 것이 나에게는 무척 보람된 일입니다.

사람을 즐겁게 해주기 위해서는 상대를 생각하고, 장소와 상황에 맞게 대접을 하는 아이디어나 지혜가 필요합니다. 그리고 마음을 담는 것도 잊어서는 안 됩니다. 상대를 기쁘게 하려고 정성을 담은 마음은 언젠가 자연스럽게 자신에게로 돌아옵니다.

나리타 → 런던행

# 메밀 알레르기

런던행 퍼스트클래스에서 근무했을 때의 이야기이다.

카나페와 함께 식전주(食前酒) 서비스를 한 후, 전채 요리로 제법 차가워진 보드카와 캐비아를 준비했다. 캐비아를 먹는 방법은 사람마다 달라서 어떤 식으로 먹는 것을 좋아하는지 물어보면서 서비스를 한다.

어느 외국 남자 승객이 블리니(러시아 팬케이크의 일종으로 크기가 작고 얇다-저자 주)와 삶은 달걀흰자 채 썬 양파, 레몬을 부탁했다.

서비스를 하자마자 블리니 위에 캐비아를 얹어서 맛있게 먹은 후 10분도 지나지 않아 갑자기 두드러기와 구토, 두통을 일으키기 시작했다. 무척 힘들어하더니 결국 토하고 말았다.

도대체 원인이 무엇일까? 이것저것 생각해보았지만, 도무지 알 수가 없었다. 단지 승객이 편해질 때까지 등을 쓸어주고 괜찮으실 거라는 말밖에 할 수 없었다.

한참 후, 그분이 그분이 안정되어서 다시 이야기를 들어보니 놀랍게도 메밀 알레르기가 있었다는 것이다. 고객 정보에는 그 같은 기록이 없었다. 어쩌면 지상에서 신고하지 않은 모양이었다. 메밀 종류가 나왔을 때는 대부분 스스로 판단해서 먹지 않기 때문이라고 말했다.

실은 이 블리니의 원료가 메밀가루와 밀가루였던 것이다. 승객은 그 사실을 모르고 먹어서 이 같은 일이 벌어졌다. 그로부터 1시간 정도 지났을까. 승객의 상태는 꽤 좋아진 것 같았고, 기분도 편해진 듯 보였다. 그분은 우리들에게 몹시 미안해하면서 말을 걸었다.

"걱정을 끼쳐 죄송합니다."

시간이 좀 더 흐르자 완전히 몸도 회복되어서 비행을 즐기고 있는 것 같아서 우리들도 안심하며 가슴을 쓸어내렸다.

그로부터 한 달 후의 일이다.

런던행 비행기에 그 승객이 또다시 탔다.

승객과의 재회가 기뻤고 승객도 기억하고 있는 듯, 눈으로 신호를 보냈다. 승객에게 받은 희망 리스트에는 역시 아무것도 적혀있지 않았다. 하지만 우리 승객 정보에는 확실하게 '메밀 알레르기 있음'이라고 적혀

있었다. 인계도 되어 있어서 블리니를 내는 일은 두 번 다시 없었다.

그 날, 나는 블리니 대신에 프랑스 빵을 얇게 자른 것과 토스트를 작게 자른 것을 크래커 식으로 만들어 그분에게 갖다 주었다.

"기억하고 계시네요. 고맙습니다."

승객은 싱긋 웃으며 보드카와 같이 토스트, 캐비아를 맛있게 먹었다.

"아, 지난번에는 메밀가루가 들어간 음식을 모르고 먹어버리는 바람에 고생했어요. 정말 걱정을 끼쳤습니다. 오늘은 덕분에 맛있게 먹었습니다."

기뻐해 주었다.

"손님께서 신고하지 않아도 여기서는 이미 파악하고 있으니 앞으로도 안심하고 타세요."

승객은 더욱 기뻐하며 미소를 지었다.

당연한 배려와 작은 아이디어가 승객들 마음에 전해진 순간이었다.

★

단 한 번 만난 사람이 자신의 이름을 기억하고 '○○씨'라고 말을 걸어주면 어떤 기분이 들까요. 당연히 기쁠 것입니다.

"머리 잘랐네요. 잘 어울려요."

"감기 나으셨네요. 다행이네요."

라는 말을 들었다면 어떨까요.

자신을 기억해 주고 자신의 취향과 예전에 했던 이야기까지도 기억해준다면 누구나 감동받습니다.

그럼, 반대 상황이라면 어떨까요. 말을 걸었는데 상대가 자신을 기억 못했을 때, 어떤 기분일까요.

어쩔 수 없는 일이긴 하지만 역시 서운한 마음이 듭니다. 기분이 상할 수도 있지요.

'가게나 호텔에서 어떤 것을 해주었을 때가 기쁩니까?'라는 질문에 '나를 기억해 주는 것'이라는 대답이 가장 많았습니다.

"어서 오세요, ○○씨"

"오랜만이네요, ○○씨"

"○○씨가 싫어하는 당근을 시금치로 바꿨습니다."

이런 말을 듣는 것만으로 무척 기분이 좋아집니다.

그것이 단골손님뿐만 아니고 자주 오지 않는 사람들에게도 같은 대응을 하면 더 말할 것도 없습니다. 승객의 의향을 제대로 파악한 다음이라야 최고의 서비스를 할 수 있습니다.

비행 전과 후에는 매번 브리핑을 통해 보고와 연락을 하는 시간이 있습니다. 이 자리에서 갖가지 인계도 시행됩니다. 요즈음은 알레르기를 갖고 계시는 분도 많아서 식사나 음료 서비스를 하는 사람으로서 승객의 정보를 정확하게 파악하고 관리함으로써, 실수나 사고를 예방해야 하기 때문에 이번 같은 일도 반드시 보고합니다. 자기 자신이 기억하는 것도 중요하지만, 동료에게 철저하게 인계하는 것도 중요합니다.

좋은 일도, 나쁜 일도, 서로 공유하는 것. 그래야만 비로소 팀으로 움직일 수 있습니다. ANA에서는 승무원뿐만 아니라 객실부, 회사 전체가 다음번 서비스 향상을 위해 서로 필요한 정보를 공유해서 승객들이 더 편안하게 여행할 수 있는 환경을 만들어가고 있습니다.

하네다 → 하코다테행

# 결혼 인사

기내에서 자세를 꼿꼿하게 한 채, 상당히 긴장한 청년 한 명을 발견했다. 양복을 깔끔히 입고 넥타이도 목에 바짝 메고 양손을 꽉 쥐고 있었다. 어깨에 힘이 들어갔다는 것을 금세 알 수 있었다. 비행기가 익숙하지 않은 분이 자주 그런 행동을 하기 때문에 무슨 일이 생기지 않을까 하고 상태를 살폈다. 공포심에서 편안해지지 못하거나, 폐소공포증이 있는 분이라면, 그 긴장감에서 몸이 뻣뻣해지고 때로는 상태가 나빠지는 일도 있다.

"손님, 괜찮습니까? 앞으로 30분 후면 하코다테에 도착합니다. 출장 가시는 겁니까?"라고 말을 걸었지만 "아. 예."라는 대답뿐. 불안해서 표정을 살폈지만, 식은땀을 흘리는 것도 아니고, 몸 상태가 나쁜 것 같지도 않았다. 어쩌면 단순히 긴장한 듯 보였다. 언뜻 발밑을 보니 앞좌석 밑에 튼튼하게 포장된 술 상자로 보이는 물건이 놓여 있었다. 어느 분에게 줄 선물처럼 보였다. 그래서 다시 물어보았다.

"중요한 계약이라도 하러 가십니까?"

"예, 아뇨, 아니, 그렇습니다. 실은 여자 친구 부모님께 결혼 인사를 드리러 가게 되어 준비한 선물입니다. 오늘 처음으로 그쪽 부모님을 뵙는 거라서 많이 긴장되고 불안해서……."

"아, 그랬군요. 축하드립니다. 멋지네요. 틀림없이 괜찮을 겁니다. 자신감을 가지세요. 자신감이 없는 것처럼 보이면 상대 부모님도 불안하게 생각하세요. 이 사람이라면 딸을 맡길 수 있다는 확신이 설 수 있도록 믿음직하게 행동하세요."

이렇게 말하자 승객은 여전히 얼굴이 굳은 채로 입만 웃으며 고개를 끄덕였다. 그 표정에서 조금 불안함을 느낀 나는 이렇게 말했다.

"혹시 실례가 안 된다면 좋은 인상을 주는 요령을 알려드릴까요?"

"아, 예. 부탁드립니다."

갑자기 즉석에서 강의가 시작되었다.

"신뢰받을 수 있도록 성실함을 강조하는 것을 잊지 마세요. 그다음은 자신의 이야기만 하지 말고 부모님의 말씀을 열심히 듣는 것에 집중하세요."

이번 중요한 여행에서 도움이 될 만한 것을 생각나는 대로 열심히 이야기해 주었다. 주위에 빈자리가 많아서 승객도 열심히 연습했다. 그리고 마지막에는 승객으로부터 칭찬의 말을 들었다.

"덕분에 긴장이 많이 풀렸습니다. 승무원님의 강의를 듣고 자신감도 생겼습니다. 감사합니다. 저의 당당한 모습을 보여드리겠습니다."

청년의 웃는 얼굴과 말투는 조금 전까지와는 전혀 다르게 매력적으로 변했다. 나도 기뻐서 저절로 웃음이 나왔다. 승객이 내릴 때,

'행복하세요! 힘내세요!'

'손님이라면 걱정 없어요.'

승무원 몇 명이 응원메시지를 적은 그림엽서를 건넸다.

미래의 장인어른이 좋아하는 술을 소중하게 꼭 안고 "부적으로 삼겠습니다."라며 그림엽서를 기쁘게 받아들고 내려가는 승객 뒤에서 우리 승무원들도 진심으로 응원을 보냈다.

★

일생에 한 번뿐인 결혼 승낙을 앞두고 비행기를 탔던 승객이 그 후 어떻게 되었는지는 모르겠지만, 분명히 잘 되었을 것입니다. 비행기에는 이처럼 다양한 이유로, 여러 가지 생각을 하고, 많은 분이 탑승합니다. 실로 십인십색입니다. 점보비행기라도 되면 오백 인이 오백 색 가지의 사연이 있습니다.

그 여행을 함께 한 사람으로서, 또한 배웅하는 사람으로서, 기내에서 활력과 용기를 되 찾거나, 즐거운 여행을 위해서는 어떤 서비스가 좋을지 항상 생각합니다.

'서비스는 인격이다.'라는 말이 있습니다. 사람의 마음을 움직이는 서비스를 하려면 기 술만으로는 안 됩니다. 항상 인격을 닦고 승객들 마음을 서포트 할 수 있는 그런 사람 이 되어야만 합니다.


마음은 마음으로 깨끗해집니다.

마음은 마음으로 따뜻해집니다.


마음이 따뜻해지는 서비스를 제공하고 싶습니다. 우리들은 그런 생각을 가슴에 담아 하늘을 날고 있습니다.

위싱턴 → 나리타행

# 크리스마스이브 선물

그 날은 크리스마스이브였다.

워싱턴에 머물렀을 때, 흥겨운 크리스마스 분위기를 충분히 즐기고 나리타로 돌아오는 비행기 객실은 빈자리 없이 꽉 찼고, 크리스마스 선물 때문인지 평소보다 기내에 들고 들어오는 짐이 많은 것 같았다.

누구나 일본에서 맞이하는 크리스마스이브를 기대하고 있는 듯 약간은 들뜬 느낌이 전해져 왔다. 비교적 조용한 객실에서 걸음이 약간 휘청거리는 외국인 한 명이 밝게 "안녕하세요."라고 유창한 일본어로 인사하며 올라탔다.

"조심해서 걸으세요. 몸은 괜찮으세요?"

"괜찮아요, 괜찮습니다."

그 외국인 승객은 앞에서 두 번째 통로 측 좌석에 앉았다. 술을 마셨다는 것을 한눈에 알아보았다.

안전상, 만취한 승객이 지상에서 발견되었을 때는 내리게 하는 일도 있다. 비즈니스 클래스 총괄자로서 신중하게 그 승객의 모습을 지켜보고 있었지만, 자리에 앉자마자 잠들어버려 잠을 깰 때쯤에는 술기운도 없어질 거라고 판단했기에 이륙 준비에 들어갔다.

국제선 비행은 안정비행이 되면 식전주(食前酒) 서비스를 시작한다. 비즈니스 클래스에서는 한 사람 한 사람마다 주문을 받고 음료수를 갖다준다. 한차례 식전주(食前酒) 서비스를 끝내고 추가 서비스를 하고 있을 때였다. 조금 전 취한 승객이 잠에서 깨어났고 드라이 마티니를 주문했다. 발음은 정확했고, 눈동자도 또렷했다. 한숨 자고 나니 개운해졌는지, 주문한 술을 갖고 오자 맛있게 마셨다.

그리고 연거푸 3잔을 추가 주문을 하기에, 상공에서는 기압관계로 몸에 알코올이 돌기 쉽다는 것을 알려주고 연하게 만들어왔다. 드디어 식사 시간이 되었다. 우선은 전채 플레이트, 와인도 함께 권했다. 그 승객은 화이트 와인을 주문한 후 메인요리 때는 고기에 어울리는 레드 와인을 주문했다. 알코올양이 많지 않을까 생각했지만, 조용히 식사를 즐기고 있는 것 같아 안심이 되었다. 식사가 끝나고 디저트 시간이 되자 그분이 식후주(食後酒)로 브랜디를 주문했다. '꽤 술이 세다'고 생각했다. 술을 너무 많이 마시길래, 잔에 브랜디를 조금만 따르고 물과 같이 갖고 가자, 옆에 앉아있는 일본인 사업가 분과 즐거운 대화를 나누면서 초콜릿과 말린 과일을 곁들여 맛있게 먹고 있었다. 그런데 잠시 후, 두 사람의 대화가 싸움 조로 변해버렸다. 아무래도 완전히 취해버린 외국인 승객이 일본인 승객에게 시비를 걸어, 처음에는 일본인 승객이 적당히 대해주다가 너무 끈질김에 화가 나버린 것 같았다. 일본어 대 일본어로 싸움을 하는가 싶더니, 일본어 대 영어로, 또다시 영어 대 영어로 싸우고……. 말투도 점점 거칠어졌다.

주위 승객들도 그 모습을 보고 마른 침을 삼키며 지켜보고 있었다. 당황해서 말리러 가면서 또 주위 승객들에게 양해를 구했다. 다른 승무원에게도 나머지 승객들을 돌봐달라고 부탁했다.

두 사람의 자리를 떼어놓는 것이 가장 좋겠지만 공교롭게도 만석이었기 때문에 자리를 옮길 수가 없어서, 우선은 마음을 가라앉힐 수 있도록 두 사람에게 재빨리 차가운 얼음물과 물수건을 가져다주었다. 그리고 두 사람에게 공평하게 해명의 기회를 주었다. 설득한 것은 아니었다. 일체 이쪽에서는 대화에 끼지 않고 끝까지 듣기만 했다. 객실 최고 책임자인 치프 퍼서에게는 물론 연락을 했지만, 담당하고 있는 자리에서 일어난 일은 담당자인 내가 마지막까지 책임을 지고 대처하는 것이 당연했다. 외국인 승객은 해명을 하고 다시 잠들어 버렸다. 한편 일본인 승객에게는 불쾌하게 해드린 일을 정중하게 사과를 해서 기분을 풀어드릴 수가 있었다. 주위 승객들도 안심하는 눈치였다.

식후에 시작한 영화 두 편이 끝나려고 할 때 즈음, 외국인 승객이 깨어났기에 곧바로 차가운 물수건을 준비해서 갖고 갔다. 승객은 고맙다고 인사하며 물수건으로 얼굴을 닦더니 조금 전하고는 전혀 다른 태도로 옆 사람에게 사과했다.

"죄송합니다. 좀 전에는 실례가 많았습니다. 말이 지나쳤습니다."

옆 사람도 너그럽게 대해주었다. 그 후에는 '도대체 그 악몽은 뭐였지'라고 생각할 정도로 아무 일도 없었던 듯, 평온한 시간이 흘러 무사히 나리타에 도착했다.

승객을 배웅하고 있는데 많은 분들이 야단치는 말이 아니라 칭찬의 인사를 건네주었다.

"수고하셨어요."

"꽤 훌륭한 중재 역할이었어요."

"언제 구조선을 보낼까 생각했어요."

"잘하던걸요."

"자네 모습에 감탄했네."

걱정을 끼쳐드렸는데 따뜻한 말이 총출연했다.

승객들에게 받은 따뜻한 말과 안도감, 그리고 승객들에게 관심을 받고 있었다는 감사한 마음에 눈물이 흘러내렸다.

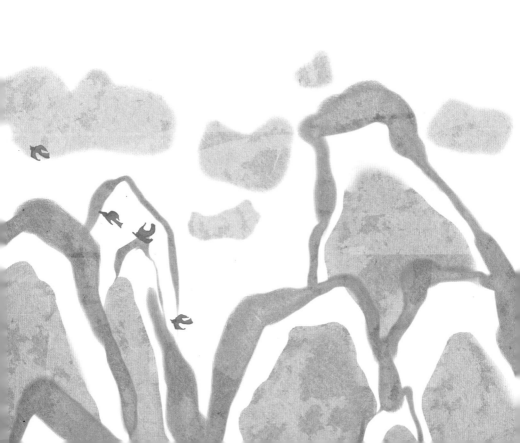

★

기내는 승객 여러분이 안심하고 편안하게 지내는 곳입니다. 만약 기내에서 어떤 트러블이 일어났을 때는 승객이 비행기에서 내릴 때까지 조정을 해야 합니다.

그리고 적절하게 개입하고 중재할 수 있는 기회는 틀림없이 있습니다.

승객이 목적지에 도착해서 내릴 때는 '오늘은 좋은 비행이었어요. 뭔가 좋은 일이 있을 것 같아요.'라고 생각할 수 있도록 해야 합니다. 그것이 우리 승무원의 역할이며 사명입니다.

이번에는 다른 승객들에게 폐를 끼쳐버린, 있어서는 안 되는 사건이 일어났습니다. 솔직히 더 능숙한 대처법이 있었던 것은 아닌지 스스로 반성해 봅니다. 그러나 마지막에는 당사자인 승객을 비롯해서 모두 웃는 얼굴로 내렸습니다. 그것뿐만이 아니라 감사의 인사까지 받았습니다.

여러 가지 의미에서 배움이 있었고 인상 깊은 비행이었습니다.

승객들에게 받은 말의 꽃다발은 최고의 크리스마스 선물이 되었습니다.

"메리 크리스마스!"

# 상사가 보낸 편지

상사가 보낸 편지

아드님은 동료 14명과 1년 이상에 걸친 시험과 훈련을 무사히 마치고 4월 1일부터 정식으로 일등 항공 정비사로서 데뷔하게 되었습니다.

동봉한 사진은 정비사로서 이날 가장 먼저 출발하는 비행기를 내보낼 때의 씩씩한 모습입니다. 기념할 만한 첫걸음을 보여드릴 수가 없어서 안타깝지만, 사진만이라도 보여드리고자 송부합니다. 본인에게 승낙을 받자니 분명히 거절할 것 같아서 제 독단으로 보내드리는 것을 이해해 주십시오.

우리 회사에서도 라인 정비부문 개설은 여러 해 동안의 준비를 거쳐 실현된 꿈의 부서이며, 장차 우리 회사 발전에 큰 영향력을 주어 앞으로는 전국으로 전개해 나갈 예정인 중요한 부서이기도 합니다. 그와 같은 부서의 파이어니어로서 그들이 데뷔했지만, 정비사로서 이제부터 또다시 공부와 시험은 계속될 것이며 진정한 몫을 하기까지는 몇 년 더 걸릴 수 있습니다.

그러나 그들이 꿈을 가지고 스스로 선택한 길이기에, 그 가능성을 최대한으로 끌어내어 ANA항공의 정비를 담당하는 훌륭한 정비사로 키우고 싶습니다. 어떤 회사든 늘 순풍에 돛단 듯이 순조로우리라는 보장은 없습니다. 분명 괴로운 순간도 다가올 것으로 생각합니다. 일하는 보람과 참을성이 없다면 어려움을 이겨낼 수 없습니다. 그런 엄격함도 가르쳐주면서 함께 개척해 가겠습니다.

오사카에 오실 때에는 꼭 그들의 늠름한 모습을 보시고, 사무실에도 가벼운 마음으로 들러주시기 바랍니다.

가족이 상사에게 보내는 답장

갑작스러운 편지에 '무슨 일일까' 하는 불안함으로 봉투를 열어보았습니다.

눈물이 나와 멈출 수가 없었습니다. 그저 감사의 인사를 드립니다. 입사하고부터 집에 잘 오지도 못하고, 전화를 해도 "아, 응." 정도의 대답만을 들을 뿐 많은 이야기를 나눌 수도 없어서, 도대체 어떤 회사인지, 어떠한 분이 주위에 계신지, 또한 일은 잘하고 있는지 걱정만 앞섰습니다.

사진과 마음이 담긴 편지를 읽으며 무척 기뻤습니다. 이처럼 배려 깊은 상사분 밑에서 일을 배우고 있는 아들은 분명 뭔가를 얻어 성장할 것이라고 믿습니다.

아무쪼록 잘 지도해 주시기를 부탁드립니다.

★

이 편지는 ANA항공 관련 회사 ANA 테크노 어비에이션 주(株)의 리더가 무사히 국가 시험에 합격하고 일등 항공 정비사로서 데뷔하게 된 부하의 부모님께 쓴 것입니다. 매일, 부하를 정확히 관찰하고 마음을 써주고 있기 때문에 쓸 수가 있었던 이 편지에는 상사의 부하를 아끼는 마음이 넘치고 있습니다. 합격의 기쁨은 본인만의 것이 아닙니다. 그들을 가장 걱정하고 있을 부모님에게 합격 사실은 물론 그동안 성장한 모습을 보내주면 어떨까요…….

부하를 소중하게 여기고 애정이 있었기 때문에 할 수 있었던 행동이라고 생각합니다.

'이런 상사가 있으면 좋겠다.' '이런 사람이 곁에 있어 준다면 열심히 할 수 있을 텐데.' 라고 생각하는 사람도 있지 않을까요?


최근 상사, 동료, 후배 등 인간관계가 예전 같지 않아 주위 사람들과 어떻게 커뮤니케이션을 취해야 할지 모르겠다는 분이 늘고 있습니다. 비단 직장뿐만 아니라 자신이 속한 조직 내에서 비슷한 고민을 가진 분도 계실 수 있습니다.

그럴 때 '이런 사람이 곁에 있어 준다면 열심히 할 수 있을 텐데.'라고 누군가에게 기대지 말고, 당신이 먼저 '이런 사람'이 된다면 어떨까요? 받기를 기다리지 말고 우선 당신부터 행동해 보는 것은 어떨까요?

정비사는 보이지 않는 곳에서 노력하는 사람입니다. 팀으로 서로 돕고, 서로 지켜주며, 일하고 있습니다.

생명을 책임지는 장소이기에 약간의 실수도 허용되지 않습니다.

"정신 차려!"라는 매서운 말을 들을 때도 있습니다. 하지만 그 한 편에서 "열심히 노력하고 있구나." "항상 일찍 오네."라고 칭찬의 말을 건네고, 언제나 지켜봐 주며 기대해

주는 상사와 선배가 곁에 있어서 힘든 직업이지만 매일 팀으로 서로 생각해주면서 안전을 책임집니다.

실로 '스승'이 있는 직장입니다. 게다가 그 풍토가 대대로 내려와 문화를 만들고 있습니다. '나를 보고 지켜주는 리더들처럼 나도 열심히 하자.'라고 자연스럽게 생각할 수 있어서 그 문화가 끊임없이 이어지고 있습니다.

그런 그들이 '우리들이 정비한 안전한 기체입니다. 즐거운 비행을 부탁합니다.'라며 보내주는 비행기이기에 우리들은 안심하고 승객들을 태울 수 있습니다.

나하 ⟶ 하네다행

# 잊혀지 않는 웃는 얼굴

후배 중에 웃는 얼굴이 무척 예쁜 아이가 있다. 동글동글한 눈, 입꼬리가 항상 올라가 있어서, 그 후배의 웃는 모습은 곁에 있는 사람을 온화하게 만든다.

오키나와에서 하룻밤을 묵고 하네다로 돌아가는 비행 때의 일이다. 하네다에 도착하고 승객이 내리는 것을 배웅하고 있을 때였다.

"승무원님의 웃는 얼굴이 무척 예뻐요."

그 후배에게 여자 승객 한 분이 말을 걸었다. 비행기라는 밀실의 공간이었기 때문일까. 승무원들 표정과 행동을 지켜보며 말을 해주는 승객은 적지 않다.

"감사합니다. 멋진 하루를 보내시기 바랍니다."

후배는 즐겁게 웃으며, 감사하다는 인사로 승객을 배웅했다.

"손님에게 칭찬을 들었네. 정말 오늘 웃는 얼굴은 최고였어."

마감 정리를 하면서 나도 느낀 것을 말했다. 생글생글 웃는 얼굴로 서비스를 하고 있는 후배가 무척 인상적이었다.

"감사합니다. 기분 좋은 걸요."

웃던 후배가 그다음에 놀라운 말을 했다.

"사실은 오늘 아침에, 아버지 병이 갑자기 심해져서 위급하다는 연락이 왔었어요. 승무원들에게 걱정을 끼치기 싫어서 아무 말도 안 했어요. 그래도 선배님한테만은 이야기하려고 했지만 그러면 울어버릴 것 같았어요. 결국 도착할 때까지 말을 할 수가……. 아버지를 생각하면 슬픈 표정을 지을 것 같아 오늘은 평소보다 더 웃으려고 다짐했어요. 하지만……."

거기까지 단숨에 말을 하더니, 결국 참았던 눈물을 쏟아냈다.

"그랬구나. 힘들었지. 네 마음을 몰라줘서 미안해."

일이 손에 잡히지 않았을 텐데, 그런 일은 조금도 티 내지 않고 최고의 웃음으로 비행을 마친 후배의 강인한 정신력과 프로의식에 나도 모르게 가슴이 뭉클해졌다.

"자, 빨리 아버지께 가 봐."

같이 울어주는 것이 고작인 나는, 힘이 되는 격려의 말도 못한 채 후배를 보내주었다.

기내라는 무대에서 훌륭하게 퍼포먼스를 끝내고 내려가는 후배의 뒷모습에서는 듬직한 강인함이 보였다.

〈★〉

사람에게는 각각의 '무대'가 있습니다. '무대'에 선 이상, 그 역할을 끝까지 마치는 것이 프로라고 생각합니다.

우리 승무원들의 무대는 기내입니다. 무대에 올라가면 최고의 퍼포먼스를 펼칩니다. 그것이 우리들의 사명이기도 합니다. 사생활은 조금도 보여주지 않고, 더구나 슬픈 일은 더욱 눈치채지 못하게 합니다.

후배의 그 자세는 직장 동료에게도 걱정시키고 싶지 않은 강인함과 부드러움이 느껴졌습니다.

# 지하실의 포상

L-1011·트라이스타(대형 여객기의 하나. 미국 록히드사 제조 기종(L-1011 의 애칭 -옮긴이 주)라는 비행기가 있다. '엘텐'(L10)이라는 애칭으로 친근하고 인기 있는 비행기이다. 이 비행기에서 OJT(승무 실습 교육 -저자 주)를 받았다.

ANA에서는 한 달 반 동안 지상 훈련을 받은 다음, 시험을 봐서 합격한 사람은 1 대 1로 훈련 담당자가 따라붙어 비행기 안에서 실전 연습을 시행한다. 훈련 배지를 달고 실제로 서비스를 실습하면서 배워가는 것이다.

실습 중에는 훈련 담당자와 선배들로부터 많은 지적을 받으면서 배운다. 한 자 한 자 메모를 하면서 설명을 달고 그것을 다시 체크를 받는데, 훈련 담당자와 선배들의 따끔한 충고에 눈물이 나올 것 같은 일도 많다.

지금도 잊히지 않는 그날의 비행은 승무원 전원과 내가 소속된 그룹 멤버들과 함께 했다. 내가 담당한 곳은 기체 오른쪽, 중간 정도의 객실인 R2 포지션이었다. 비행기 조리실 담당은. 처음이었다. L10은 지하에 주 조리실이 있고 두 대의 엘리베이터로 음식물이 오고 간다.

음료 서비스를 하는 항공기 조리실 담당자는 벨트 착용 사인이 꺼지면 곧장 지하 조리실로 들어가, 승객수에 맞추어 큰 포트에서 여러 개의 뜨거운 홍차, 녹차, 수프 등을 만든다. 이 L10은 커피메이커가 처음 탑재된 획기적인 비행기여서 커피는 만들지 않아도 되지만, 힘든 작업인 것은 틀림없다. 완성된 음료를 엘리베이터를 이용해서 위층 객실로 보내는 일을 되풀이한다. 한차례 조리실 담당자도 객실에 올라가 양 조절을 한다.

승객들 앞에서는 아름다운 얼굴로 서비스를 하는 승무원이지만, 승객들이 볼 수 없는 곳에서는 이처럼 체력을 요구하는 작업도 하고 있다. 상공에서 벨트 착용 사인이 꺼졌다. 서둘러 조리실로 향했다. 실습 교육이어서 훈련 담당자가 함께 내려가 "오늘 승객은 280명인데 홍차와 녹차는 몇 개씩 준비해야 할까? 어떤 고객층일까?"

질문을 던지면서 재빨리 지시를 내렸다. 한참 지나자 혼자서라도 할 수 있다고 판단했던 것일까.

"그럼, 뒷일을 부탁해."

훈련 담당자가 객실로 돌아 가버리고 나 혼자 남겨졌다. '여기 혼자 있는 게 무서워' 빨리 마무리하고 한시라도 빨리 객실로 돌아가고 싶어…….

모든 음료 제공이 끝나자 정리도 하는 둥 마는 둥, 객석의 상황을 살피기 위해 객실로 올라갔다. 그럭저럭 음료는 충분한 것 같았고 추가로 만들 필요는 없어 보였다. 아무 생각 없이 객실에서 어슬렁거리고 있자 선배가 말했다.

"조리실에 내려가지 않아도 괜찮아? 슬슬 정리할 시간이야."

그랬었다. 서비스가 한차례 끝나자 이번에는 비어있는 포트가 연달아 조리실로 내려오기 때문에 지하에 내려가 포트를 꺼내고 씻어서, 카트에 넣어야 했다. 곧장 조리실로 돌아가 그 날 사용한 포트 10개를 제 위치에 정리하기 시작했다. 착륙하기 전에 안전 체크를 재빨리 끝내고 위로 올라가려고 한 그때였다.

엘리베이터 한 대가 내려왔다. '뭐지? 포트는 전부 밑으로 내려왔을 텐데……. 걱정이 되어 선배님이 내려오는 걸까? 이상하네, 사람은 타지 않은 것 같은데.'

이상하게 생각하고 엘리베이터 문을 열어보니 핑크색 리본이 달린,

길쭉한 작은 상자가 받침대 위에 놓여있었다. 상자 위에는 메모가 붙어 있었다.

'실습도 중반이네. 일에 열의가 있고 앞으로 훌륭한 승무원으로 기대된다. 열심히 해. 응원할게.'라고 여럿이서 적은 메모가 있었다. 글 마지막에는 '멤버 일동'이라고 쓰여 있었다.

따끔하게 말을 하면서도 상냥하게 독려해주는 선배들에게 받은 따뜻한 메시지였다. 포장을 열자 부드럽게 써질 것 같은, 예쁜 3색 볼펜이 들어있었다. '중요한 것을 놓치지 않도록 제대로 색깔별로 분류해서 메모해.' 선배들이 나에게 해주는 진심 어린 조언이라고 생각했다.

선배들의 따뜻한 마음에 가슴이 찡해짐과 동시에 힘든 훈련에 지친 상태여서 나도 모르게 왕방울 같은 눈물이 떨어지고 말았다.

그리고 이처럼 후배를 생각하는 따뜻한 마음 씀씀이가 결국은 승객들에게 좋은 서비스를 하게 된다는 것을 알았다.

'방해가 안 되도록 빨리 실력을 쌓아서 선배들 같은 훌륭한 승무원이 되자'

지금도 아시아의 공항에서 L10을 보면 그때가 생각나서 가슴이 설렌다.

★

엄격함만으로는 사람은 자라지 않습니다. 그러나 그때뿐인 상냥함만으로도 자라지 않습니다.

두 가지를 함께 겸비하고 나서야 비로소 '이 사람이 하는 말이라면' '이 사람을 위해서라면' 하는 의식을 가지게 됩니다.

배우는 사람은 여러 가지 생각과 망설임, 고민을 하고 있습니다. 그것을 염두에 두고 지도하는 사람들은 가르쳐야 합니다.

힘들 때, 고민이 있을 때는 살며시 감싸주고, 마음이 느슨할 때는 질타와 격려를……. 그렇게 되기 위해서는 나는 따뜻한 마음을 지니는 것이 필요하다고 생각합니다. 실제, 현재 강사들이 중요하게 생각하는 하나가 '따뜻함 기르기'입니다. 선배에게 배운 따뜻한 배려의 소중함과 선배들이 해준 충고들, 어느 것이나 지금의 나를 만들어 주었습니다.


'직접 보여주고, 들려주고, 해보게 하고, 칭찬하지 않으면, 사람은 움직이지 않는다.'
- 야마모토 이소로쿠 원수※


지도하는 사람은 누군가를 이끄는 것이 아니라 항상 자기 자신을 최고의 모습으로 이끌지 않으면 안 됩니다.


※ 야마모토 이소로쿠(1844~1943). 일본 연합함대 사령관.

히로시마 → 하네다행

# 마음의 문

내 나이는 예순다섯, 귀가 들리지 않는다. 지난번, 10년 만에 여동생을 만나기 위해 ANA항공을 이용했다. 그 날 담당하신 객실 승무원이 무척 친절해서 고마움을 전하고 싶은 마음에 편지를 썼다.

지상 직원에게 연락을 받았던 것일까. 내가 타자마자 인사하러 온 객실 승무원이 있었다. 승무원이 웃으며 입을 천천히 움직이면서 수화로 다음의 말들을 전해주었다.

"안녕하세요. 저희 비행기를 이용해 주셔서 감사합니다. 오늘 담당을 맡은 ○○입니다. 뭐든지 필요한 것이 있으면 말씀해 주세요."

안심이 되었다.

비행기뿐만 아니고 다른 교통수단을 이용할 때 항상 긴장이 되는데, 그 승무원의 마음 씀씀이와 웃는 얼굴을 보니 나도 모르게 마음이 놓였다.

이륙하고 나서 한동안 잤던 것 같다. 최근 밖에서는 눈을 감고 있는 경우가 많아졌다. 이전에는 수화나 종이에 적어서 이야기를 나누었지만, 지금은 남들과 눈을 맞추는 것도, 만나는 것도 겁이 났다. 가능하면 사람과 만나는 것을 피해서 조용히 지내는, 그런 하루하루를 보내고 있었다.

음료 서비스가 한차례 끝났을 때, 조금 전의 승무원이 일부러 이야기하러 왔다. 분명 내가 어두운 표정을 하고 있어서 그랬을 것이다. 메모로 도착 시각과 현지 날씨, 지금 어디를 날고 있는지를 창문 밖을 손으로 가리키면서 정중하게 알려주었다. 나는 고맙다고 수화로 말했다. 게다가 그 승무원이 훈련생이었을 때의 '지금이니까 웃을 수 있는 실수담'을 메모지에 적어서 알려주었다. 커다란 글자로, 무척 읽기 쉬운 문장으로 쓴 이야기가 너무 우스워서 배를 잡고 눈물이 날 정도로 웃었다.

'이렇게 웃었던 게 몇 년 만이지.' 그런 생각을 하면서 승무원을 보았더니 진지한 표정이었다. '무슨 실수라도 해버린 것일까?' 불안해져서 얼굴을 들여다보니 승무원이 눈물을 머금고 있었다. '다행이에요. 밝아

지서서.'라는 메모를 받고 고마운 마음이 들었다.

똑똑똑 소리는 들리지 않지만, 그 승무원이 오랫동안 굳게 닫혔던 문을 두드려준 느낌이었다. 스스로는 열 수 없었던 무거운 마음의 문을…….

문득 창밖을 바라보니 구름바다의 수면이 태양빛으로 반짝반짝 빛나고 있었다.

이전에는 알고 있었을, 사람과 만나는 기쁨과 이야기하는 즐거움이 조용히 되살아났다. 왠지 나도 눈물이 나왔다.

"미안합니다. 죄송합니다. 감사합니다."라는 메모를 두 손을 모아 건네주자,

"즐거운 한 때를 보내게 되어 감사드립니다. 만나 뵙게 되어 반가웠습니다."

라는 마지막 메모를 받았다. 지금도 그때의 객실 승무원의 웃는 얼굴이 마음속에 남아있다.

진심으로 감사드린다.

〈★〉

요즘 수화 배우기를 장려하는 기업이 늘고 있습니다.

ANA에서는 수화를 일정 수준까지 배운 승무원에게 가슴에 수화배지를 달고 비행하게 합니다. 승객 여러분이 조금이라도 쾌적하고 편안하게 지내기를 바라는 마음에서입니다. 그러나 수화만으로는 승객이 편해지지 않습니다. 역시 수화와 함께 웃는 얼굴과 배려가 필요합니다.

때로는 표정과 행동이 말 이상으로 상대방에게 마음의 진심을 전해주기도 합니다.

예를 들면 '눈은 입만큼이나 말을 한다.'라는 속담이 있듯이 눈으로 많은 것을 이야기할 수 있습니다. 눈으로만 전해지는 것도 있습니다. 보이지 않아도, 들리지 않아도, 말하지 않아도, 마음은 통하고, 마음은 느낄 수 있는 것입니다.

특히 웃는 얼굴은 서비스의 비법, 삶의 마법이라고도 합니다. 그렇다고 해도 생글생글거리는 얼굴로 상대를 대하는 것만이 다가 아닙니다. 상대가 웃어주면 비로소 진실한 웃음이라고 말할 수 있습니다. 그 웃음이 상대의 마음에 전해졌을 때, 마음의 문이 열리는 것이 아닐까요.

시간이 지나도 사람들 마음에 기억되는 웃는 얼굴이 되도록 노력하고 싶습니다.

어떤 분의 어떤 미소가 당신 마음에 남아있습니까.

마음의 문을 여는 열쇠는 누구나가 가지고 있습니다.

홍콩 ⟶ 나리타행

# 하늘 위에서의 재회

통로 측 자리에 앉아있는 남자 승객이 뒷자리에 신경을 쓰고 있었다.

"무슨 용건이 있습니까? 어떤 분을 찾고 계십니까?"

라고 물었더니

"아뇨, 아무 일도 아닙니다. 제가 아는 사람과 상당히 닮은 것 같아서……. 하지만 다른 사람인 것 같네요. 죄송합니다."

그 남자 승객은 미안한 듯 말하며 신문을 읽기 시작했다. 그런데 역시 계속 신경이 쓰이는지 그 후에도 뒤를 힐끔힐끔 보고 있었다. 아무래도 그분의 자리에서 세 번째 줄 대각선 방향의 뒤쪽 자리에 앉아있는 여자 승객을 보고 있는 것 같았다.

185

"많이 닮으셨나 보네요."

다시 말을 걸었다.

"아, 죄송합니다. 신경 쓰게 만들었네요."

약간 쓸쓸한 듯 말을 하며 그때부터는 더 이상 뒤돌아보지 않았다.

잠시 후에 면세품 판매가 시작되자 그 여자 승객이 파우치를 주문했다. 카드로 계산했기 때문에 상품과 카드를 돌려줄 때, 평소보다 약간 큰 목소리로 고마움을 전했다.

"○○손님, 감사합니다. 카드를 돌려드리겠습니다."

이름은 승객에게 특별한 것이다. 사생활과 관련된 것이기도 해서 신중하게 다루지 않으면 안 된다. 그래도 그 남자 승객에게 꼭 알려주고 싶어서 실례가 되지 않는 목소리로, 단지 소망을 담아 이름을 불렀다.

여자 승객의 이름을 듣는 그 순간, 남자 승객은 긴장하는 듯싶더니 순식간에 귀가 빨갛게 되었다. 긴장하고 있는 것이 뒤에서 보고 있어도 알 수 있었다. 심장 고동 소리까지 들려올 것 같았다. 남자 승객 곁으로 가서 눈을 마주치자 상기된 목소리로 말했다.

"역시 맞습니다. 제가 생각한 사람과 같은 이름입니다."

"주제넘을지도 모르지만 괜찮으시다면 확인해봐 드릴까요?"

그러자 남자 승객은 크게 심호흡을 하며 이번에는 또박또박하게 이야기를 했다.

"죄송합니다. 부탁 좀 드리겠습니다. 저는 ○○중학교 1학년 때 같은 반인 □□라고 전해주시겠습니까?"

여자 승객에게 사정을 말하고 확인해보니 두 사람은 동창생이 틀림 없었다. 여자 승객도 그 남자 승객을 기억하고 있었다. 나는 남자 승객 자리로 돌아와 찾고 계신 분이 맞는다고 하자

"정말 고맙습니다."

매우 기뻐하며 자리에서 일어나 여자 승객 자리까지 다가갔다.

"오랜만이야. 어떻게 지냈어?"

서로 인사를 나누며 즐거운 듯이 근황을 서로 이야기하기 시작했다. 두 사람 다 혼자 왔기 때문에 자리를 옮겨도 괜찮은지 물어본 후, 뒤쪽에 나란히 비어있는 두 좌석으로 안내했다.

"수고를 끼쳤군요."

고마워하며 두 사람 모두 기꺼이 자리를 옮겨 나리타까지 두 시간 남 짓 이야기꽃을 피웠다. 나리타에 도착해서 내리게 되었을 때, 꽤 즐거웠 던지 두 사람의 얼굴은 빛나고 있었다.

"정말 고맙습니다. 승무원님이 여자 친구 이름을 불러주지 않았다면 다시 만날 기회를 놓칠 뻔했습니다. 감사합니다."

남자 승객은 몇 번이나 머리를 숙였고, 여자 승객도 고맙다며 마지 막까지 손을 흔들어주었다. 그 두 사람의 뒷모습에서 무척 따뜻함을

느꼈다.

그로부터 3개월이 지난 어느 날, 그 남자 승객으로부터 편지가 왔다. 대부분 편지를 받아보면 '아아, 그때!'라고 기억나는데, 이 분의 이름을 봐도 전혀 기억이 나지 않아서 얼른 뜯어보았다. 받는 사람의 이름은 큐피드 승무원에게 라고 적혀있었다.

'지난번에는 신세가 많았습니다. 실은 저희가 결혼을 하게 되었습니다. 첫사랑이었고 지금도 변함없이 소중하게 생각하고 있었습니다. 그때, 승무원님이 여자 친구의 이름을 불러 주지 않았다면 어떻게 되었을까라는 생각을 하니 저희 둘의 인연이 대단하게 여겨지며 신기합니다. 정말 고맙습니다.'라고 적혀있었다.

'아, 그때……' 그때의 기억과 함께 '이런 일도 있을 수 있구나.' 하며 많이 놀라웠고 무척 기뻤다.

〈★〉

하늘 위에서의 운명적인 재회. 얼마나 멋진 일입니까.

'사람은 사는 동안 만나야 할 사람은 반드시 만난다. 너무 빠르지도 않고, 너무 늦지도
않을 때에.'
- 모리 신죠※

정말 사람과의 만남도, 일로 만나는 것도, 좋은 시기가 있다고 생각합니다.
앞으로 두 분 모두 행복하기를 진심으로 기원합니다.

※모리 신죠(1896~1992). 일본 철학자, 교육자.

가고시마 ⟶ 하네다행
# 먼 훗날 승무원 언니처럼

중학교 1학년이던 여름, 도쿄에 사시는 할머니 댁에 놀러 갔을 때 비행기를 탔다. 초등학교 5학년 때부터 여름방학이 되면 항상 비행기를 이용해 할머니 댁을 갔다.

어른이 되면 비행기를 타고 모든 사람을 보살펴주는 여객 승무원이나 병원에서 환자를 돌보는 간호사가 되고 싶다고 생각했다. 간호사가 하는 일은, 감기가 걸렸을 때 집 근처에 있는 병원에서 자주 봤지만, 비행기는 일 년에 두 번밖에 탈 수 없어서 오늘은 용기를 내어 여러 가지를 물어보려고 '어른이 되면 비행기 승무원이 되고 싶은데 어떤 일을 하는지 알려주세요.' 등등 다섯 가지 질문을 준비해 왔다. 비행기에 탈 때,

왠지 평소보다 가슴이 두근거렸다. 엄마에게는 이야기를 해놓았지만 "네가 하고 싶은 일이니까 직접 물어봐."라고 하셔서 말을 걸 기회를 얻으려고 살펴보고 있었다.

'언제쯤 말을 걸면 좋을까. 음료 서비스가 끝나고 난 다음이 좋을까?', '어느 언니에게 물어볼까? 친절한 사람이 좋은데.'

이것저것 생각해보니 더욱 두근두근했다. 잠시 후, 엄마와 아빠는 잠이 들었다. 혼자서 쉬고 있는데 승무원 언니가 말을 걸었다. 그런데 나는 부끄러워서 질문을 하나도 하지 못했다. 모처럼 얻은 기회인 걸 알면서도 승무원 언니의 얼굴을 쳐다보지도 못했다. 이럭저럭 하는 사이에

"곧 하네다공항에 도착합니다. 좌석 벨트는 매어주세요."

라고 방송이 나왔다. '아, 물어보지 못했다. 곧 도착하는데.' 용기가 없는 나에게 실망했다. '돌아오는 비행기에서 물어보면 되겠지.'라며 마음속으로 자신에게 위로를 하며 오늘은 포기하기로 했다. 비행기가 착륙하고 모두 내리기 시작하자

"오늘 여행 오셨어요? 푹 주무시고 계시더군요. 창가에 앉은 따님과 좀 더 이야기하고 싶었는데……."

조금 전의 승무원 언니가 엄마에게 말을 걸었다.

"예, 딸아이 할머니 집에 놀러 가요."

"좋으시겠어요."

엄마와 승무원 언니가 즐겁게 이야기를 시작했다. 칫, 엄마는 계속 잠만 잤으면서 치사하다.'는 생각이 들었다. 그러자 이번에는 승무원 언니가 나에게 물었다.

"몇 학년이야? 비행기는 좋아하니?"

"중학교 1학년이고 비행기도 좋아해요."

엉겁결에 대답하면서, 지금이라면 물을 수 있을 거라 생각하며 서둘러 주머니 안에 들어있는 메모지를 꺼내려고 했지만, 마음이 급하니까 좀처럼 꺼내지지 않았다. 그 모습을 보고 승무원은 뭔가 느꼈는지

"잠시 기내를 구경하러 갈래?"

승무원 언니가 방긋 웃으며 초대해 주었다.

"예."

나는 기뻤다. 다른 승객이 내리는 사이에 조리실 안을 구경했다. 거기에는 많은 컨테이너와 수납장이 있었다. 카트 안에는 포트도 한가득 들어 있었다. 여러 가지를 구경할 수 있어서 설레고 좋았는데

"아까 주머니 안에서 무엇을 찾고 있었어?"

승무원 언니가 물었다.

"어떻게 알았어요?"

나는 깜짝 놀랐지만 좋은 기회라고 생각하고 용기를 내어 말을 꺼내었다.

"실은 언니에게 질문이 있어요."

이번에는 제대로 메모지를 꺼낼 수가 있었다. 승무원 언니는 하나하나 친절하게 모든 질문에 대답해 주었다. 주위를 둘러보니 비행기 안에는 우리 가족만 남아있었다. 승무원 언니는 다른 객실 승무원 언니들도 불러

"기념으로 같이 사진 찍자. 괜찮지?"

하고 사진 찍기를 권했다. 그리고 놀랍게도 그 언니는 승무원이 쓰는 모자를 내 머리에 씌워주었다. 하늘을 날 것 같은 기분이었다.

승무원 언니, 고마워요.

책상 위에 그때 찍은 사진을 장식해놓고 매일 보고 있어요.

어떻게 주머니에 뭔가 있는 줄 알았어요? 그런 일을 전부 알아채는 승무원 언니들은 역시 대단해요. 승객의 마음을 헤아릴 수 있는 사람이 승무원이 될 수 있는 거군요.

저도 주위 사람들 마음을 읽을 수 있도록 연습할게요.

그리고 언니 후배가 되도록 공부도 열심히 하겠습니다.

★

모자를 썼을 때 얼굴 가득 웃음을 짓고 있는 여자아이의 얼굴은 지금도 기억하고 있습니다.

비행기에 타기 전부터 질문을 준비하고, 타고 나서도, 언제 이야기를 걸어볼까 하고 계속 긴장하고 있었겠지요. 너의 마음을 더 빨리 알아주었더라면 좋았을 텐데. 주머니 안을 만지면서 뭔가 바스락 바스락거린다는 걸 알고 있었단다. 뭔가 말하고 싶은 것이 있다고, 네 얼굴에 쓰여 있었거든.

사람의 마음을 알아차리는 소중함, 잘 알고 있네. 너라면 틀림없이 멋진 승무원이 될 수 있을 거야.

네가 어른이 되어서 "그때……"라며 말을 걸어준다면 행복할 것 같아.

꼭 다시 만나자.

이 책을 집필하면서 승무원으로서 기내에서 있었던 일을 떠올렸을 때, 신기하다고 느꼈습니다.

기내에서는 당연히 승무원이 승객에게 대접을 하고 있다고 생각했는데, 실은 승객들에게 대접을 받는 일이 더 많습니다. 도대체 어째서 이런 일이 일어나는 걸까요.

나는 승무원의 본래 사명은 승객을 웃게 만드는 것으로 생각합니다.

'역시 ANA에 타길 잘했다.'

'또 이 항공 회사를 이용하고 싶다.'

'비행기를 타는 게 즐겁다'

그렇게 생각할 수 있게 사람의 마음을 움직일 수 있도록 대접하는 것을 나의 미션으로 정했습니다. 그러나 기내에서의 만남으로 승객의 표정과 말로, 웃게 되고, 마음을 움직였던 것은 오히려 나 자신이었습니다.

사람의 마음을 움직이는 것은 그리 간단한 일은 아닙니다. 사람의 마음을 움직이는 최고의 방법은 무엇일까요. 자연과 사람, 사물과의 감동적인 만남은 아닐까요, 나는 그렇게 생각합니다. 감동을 주고받는 것으로 사람은 변한다고.

이 책은 구름 위에서 있었던 수많은 멋진 만남을 소개했습니다. 여러분도 날마다 멋진 만남을 만들고 있을 것입니다. 나는 현재 강사로서 연수원 등지에서 최고의 만남, 감동의 나날을 맞이하고 있습니다. 며칠간의 연수에서 크게 성장한 수강생이 다짐한 결심을 듣고, 감동해서 눈물이 멈추지 않는 일도 있습니다.

마음과 마음이 서로 움직이고, 울리며, 융합합니다. 거기에 이르지 않으면 감동을 받기가 어렵습니다.

더 많은 친절과 배려를 위해 노력을 할수록 마음은 성장해 갑니다. 각각의 마음 따뜻한 이야기를 기내에서 나누다 보면 훈훈한 정을 느낄 수 있습니다. 어쩌면 다음에 이어질 마음이 따뜻해지는 이야기의 주인공은 당신일지도 모릅니다.

ANA에서는 '승객과 함께 최고의 기쁨을 만드는 것'을 목표로 서비스에 최선을 다하고 있습니다. 나도 이곳 ANA의 문화를 이어받아 '수강해주신 여러분과 함께 최고의 기쁨을 만드는 것'을 미션으로 삼고 매일 연수에 임할 것입니다.

언젠가 여러분과 직접 만나기를 기대합니다.

고마우신 분들께

이 책을 간행하기에 앞서 ANA를 이용해주신 수많은 승객들을 비롯한, 전 일본 공수주식회사 광고실, CS추진실 CS기획부 및 ANA Learning 주식회사 외에 ANA 그룹의 여러분들이 도와주셨습니다. 진심으로 감사드립니다.

또한 아사 출판사의 사토 카즈오(佐藤 和夫)사장님에게는 용기와 예리한 판단력을 배웠고, 편집자인 호시노 미키(星野 美紀)씨에게는 뛰어난 감수성과 열정을 배웠습니다. 정중하게 감사드립니다.

마지막으로 이 책을 읽어주신 여러분에게 진심으로 감사드립니다.

당신의 주위에 따뜻한 마음이 가득 넘치기를 바랍니다.